Lena Karman

Taxi, Tod und Teufel – Fährfahrt in den Tod

Taxi, Tod und Teufel – Die Serie

Paalinghus in Ostfriesland: Zwischen weitem Land und Wattenmeer lebt Sarah Teufel mit ihrem amerikanischen Ex-Mann James in einer Windmühle. Gemeinsam betreiben sie das einzige Taxiunternehmen weit und breit – mit einem Original New Yorker Yellow Cab! Bei ihren Fahrten bekommt Sarah so einiges mit. Und da die nächste Polizeistation weit weg ist, ist doch klar, dass Sarah selbst nachforscht, wenn etwas nicht mit rechten Dingen zugeht. Denn hier im hohen Norden wird nicht gesabbelt, sondern ermittelt!

Über die Autorin

Die gebürtige Schwäbin Lena Karmann lebt mit Mann und Kind in der Nähe von Bremen. Sie arbeitet als kaufmännische Angestellte, liest gern (vor allem Krimis) und geht mit ihrem Hund am Strand spazieren. Ihre Begeisterung für ihre neue Heimat Ostfriesland hat sie zu ihrer ersten eigenen Krimireihe »Taxi Tod & Teufel« inspiriert.

LENA KARMANN

Fährfahrt in den Tod

beTHRILLED

Vollständige ePub-to-Print-Ausgabe des in der Bastei Lübbe AG
erschienenen eBooks »Taxi, Tod und Teufel – Fährfahrt in den Tod«
von Lena Karmann

»be« – Das eBook-Imprint der Bastei Lübbe AG

Textredaktion: Dr. Clarissa Czöppan
Lektorat/Projektmanagement: Rebecca Schaarschmidt
Covergestaltung Maria Seidel, atelier-seidel.de unter Verwendung
von Motiven © istockphoto: Jan-Schneckenhaus | joreks
Innenillustrationen unter Verwendung von Motiven © istockphoto
Satz: 3w+p GmbH, Rimpar (www.3wplusp.de)
Druck: Books on Demand GmbH, Norderstedt

ISBN 978-3-7413-0163-6

www.be-ebooks.de
www.lesejury.de

Prolog

»Moin, der Herr! Armin Hoffmann, nehme ich an? Die bestellte Fähre nach Palinghuus?«, fragte der Fährmann ihn. Der stand im Lichtschein einer der Laternen auf dem Kai und nickte ihm zu, als Hoffmann sich ihm näherte.

Er hatte an diesem Morgen den dicken Mantel angezogen und die Pudelmütze aufgesetzt. »Guten Morgen«, sagte er und sah sich um. »Fahren Sie bei dem Nebel überhaupt?«

»Klar doch. Bin ja auch grade eben hergekommen.« Der Fährmann winkte scheinbar gelassen ab. »Das büschen Nebel stört doch nicht. Hab ja immer noch die hier.« Dabei tippte er an seine von der kalten Luft gerötete Nase. »Die sagt mir schon, wo's langgeht. Außerdem haben Sie mich gebucht, und wer mich bucht, den fahr ich auch.«

Hoffmann nickte stumm und schaute nach links. »Ist das … die Fähre?«, fragte er argwöhnisch.

Die Fähre wirkte mehr wie ein kleines Ausflugsboot

mit Bänken für bestenfalls zwanzig Passagiere, eher weniger, wenn sie alle auch noch Gepäck dabeihatten. Die Bänke für die Passagiere befanden sich am Heck, während zum Bug hin eine Kabine aufgesetzt war, in der so gerade eben eine Person stehen konnte, um das Boot zu lenken. Wobei jemand mit dem Bauchumfang, wie ihn der Fährmann aufwies, mehr draußen als drinnen stehen musste.

»Jo.«

»Müsste die nicht etwas größer sein?«

Der Fährmann zuckte mit den Schultern. »Hab se letzte Woche 'n büschen zu heiß gebadet, da is se eingelaufen. Aber nich viel.«

Hoffmann war alles, nur kein Frühaufsteher. Aber um seinen Zug nicht zu verpassen, hatte er die Fähre für kurz nach sieben bestellen müssen, und damit war er gezwungen gewesen, zu einer Uhrzeit aufzustehen, die alles andere als erfreulich war. Er hatte das Gefühl, im Stehen einzuschlafen. Was er in dieser Verfassung gar nicht gebrauchen konnte, war ein Fährmann mit einem Hang zu Kalauern. Nicht, dass er solche Kommentare wie den von der eingelaufenen Fähre nicht vergnüglich fand, aber jetzt und hier konnte er sie gar nicht ausstehen. Und trotzdem musste er den Mund halten, damit der Fährmann nicht auf die Idee kam, ohne ihn abzufahren. »Die Fähre von Norddeich hierher war aber viel größer«, war das einzig halbwegs Neutrale, was ihm in den Sinn kommen wollte.

Der Fährmann nickte, sagte aber nichts.

»Und da war man nicht Wind und Wetter ausgesetzt«, fügte Hoffmann an.

Nach wie vor schwieg der Fährmann und zog sich die Mütze etwas tiefer ins Gesicht.

Schließlich hob Hoffmann resigniert die Schultern.

»Na gut, dann bleibt mir wohl nichts anderes übrig.«
Nach einem letzten Blick auf die Fähre fragte er: »Wie
teuer?«

Der Fährmann nannte den Preis für die Überfahrt ans
Festland, daraufhin hielt Hoffmann ihm einen Geld-
schein hin. »Nich passend?«, gab der zurück.

»Tut mir leid.«

Der Fährmann griff in seine Hosentasche und kramte
eine Handvoll Kleingeld heraus, dann zählte er ab:
»Zehn … zwanzig … dreißig … vierzig … fünfundvier-
zig … sechsundvierzig … siebenundvierzig … achtund-
vierzig … neunundvierzig … fünfzig.« Er legte ihm die
Münzen in die Hand, dann stutzte er. »Och nee, ich hätt‹
noch ›nen Fünfziger passend gehabt. Na, egal. Dann bitte ich darum, an Bord zu gehen.« Er machte eine überzo-
gene Geste und deutete eine Verbeugung an.

Hoffmann nahm seinen Rollkoffer, zog ihn bis zum
Steg und stellte fest, dass er den Koffer an Bord tragen
musste. Die quer auf den Holzlatten angebrachten Leisten sollten wohl verhindern, dass man beim Hinunterge-
hen wegrutschte. Sie verhinderten jetzt aber vor allem
die wesentliche Eigenschaft eines Rollkoffers, nämlich
das leichtgängige Rollen. Er mühte sich ab, den Koffer
an Bord zu heben, dann ging er auf dem einigermaßen
passabel beleuchteten Passagierdeck ganz nach hinten,
um dem Motorenlärm zu entkommen. Offenbar fehlte
die Abdeckung für den Motor, also würde es laut werden.

Der Fährmann kam an Bord, schob den Steg zur Seite, holte das Tau ein und ließ den wie erwartet dröhnen-
den Motor an. Die kleine Fähre setzte sich in Richtung
Festland in Bewegung, das in der Dunkelheit wegen des
Nebels nicht mal zu erahnen war.

Hoffmann saß auf der hintersten Bank und konnte

nur hoffen, dass dieser Fährmann wusste, wohin er zu fahren hatte. Er zog den Kopf ein, um den Nacken vor der kalten Luft zu schützen.

Der Fährmann war ganz darauf konzentriert, Kurs auf den Hafen von Palinghuus zu halten.

Kapitel 1

Als Sarah Teufel ihr Zuhause in der Windmühle verließ und mit zügigen Schritten zu ihrem Taxi ging, das in der Einfahrt parkte, war sie froh, dass sie die dickere Jacke angezogen hatte. Gefroren hatte es in diesem Winter nicht allzu oft, aber diese Suppe, die sich über die ganze Gegend gelegt hatte, war ein Garant dafür, dass es kalt sein würde. Kalt und sehr still, da der Nebel alle Geräusche dämpfte. Nicht, dass es in Palinghuus an einem Freitagmorgen um zwanzig nach sieben sonst laut und hektisch zugegangen wäre. Aber jetzt würde es noch ein bisschen ruhiger sein.

Sie schloss ihr Taxi auf, setzte sich hinein und ließ den Motor an. Obwohl ihr original New Yorker Checker Cab fast vierzig Jahre alt war und über sechshunderttausend Kilometer auf dem Buckel hatte, schnurrte der Motor wie ein Kätzchen. Okay, wie ein lautes Kätzchen. Oder mehr wie ein Kater, ein voller Inbrunst schnurrender Kater.

Zu verdanken hatte sie das ihrem Ex-Mann James,

der ihr den Wagen beschafft hatte und sich aufopfernd in seiner Werkstatt vor Ort um ihn kümmerte.

Sie drehte die Heizung hoch, dann schob sie den Wählhebel nach vorn, löste die Handbremse und fuhr los. Sie folgte dem seltsam kurvenreich angelegten Mühlenweg in Richtung Dorf und machte das Radio an. Kaum hatte sie die Melodie erkannt, sang sie lauthals »My Bonnie is over the Ocean« mit. Eigentlich trafen Shantychöre nicht so ganz ihren Geschmack, aber für diese Uhrzeit war es genau das Richtige, um auf Touren zu kommen.

Vor ihr tauchten die ersten reetgedeckten Einfamilienhäuser auf, die erst vor wenigen Jahren auf ehemaligem Weideland errichtet worden waren. Weitere Neubauten sollten in nächster Zeit folgen, was für Palinghuus eigentlich eine gute Entwicklung war, auch wenn es ihr nicht gefiel, dass damit immer ein wenig mehr Grün verschwand.

In Kürze würde hier Trubel herrschen, da in fast allen Häusern Familien mit zwei oder drei Kindern wohnten, die allmählich in die Schule gebracht werden mussten.

Als sie am Ende des Mühlenwegs angekommen war, nahm sie Gas weg und ließ den Wagen auf die Aufpflasterung kurz vor der Kreuzung zurollen. Die Querstraße war die aus südlicher Richtung nach Palinghuus führende Landstraße, die durch den Ort ging und dann in Richtung Norddeich verlief. Deshalb wurde sie von vielen Touristen als Ausweichstrecke benutzt, wenn auf den direkten Routen zu viel los war. Seit Jahren versuchten in den betroffenen Straßen wohnende Palinghuuser, eine Umgehungsstraße durchzusetzen. Das scheiterte aber jedes Mal am erbitterten Widerstand der Geschäftsleute, die über jeden Touristen froh waren, der beim Durchfahren der Ortschaft beschloss, hier noch eine Rast einzulegen, etwas zu essen oder sich im Supermarkt mit Getränken einzudecken.

Beim Überfahren der Aufpflasterung geriet der Wackel-Elvis im berühmten Las-Vegas-Kostüm in Bewegung, der auf dem Armaturenbrett klebte. »Das Glück ist wie ein Stück Zwiebelfleisch zu einer Portion Bratkartoffeln«, verkündete er eine weitere von zahllosen rätselhaften Weisheiten, die er seit seinem ersten Arbeitstag in ihrem Taxi von sich gab. Eigentlich hätte er *Heartbreak Hotel* oder einen der vielen anderen Hits singen sollen, aber offenbar waren in der chinesischen Fabrik die Chips durcheinandergeraten. Vermutlich stimmte jetzt irgendwo anders auf der Welt ein Buddha auf Knopfdruck *In the Ghetto* an. Aber das störte sie nicht – ganz im Gegenteil: Ihren weissagenden Buddha-Elvis hätte sie für nichts hergegeben.

Sarah folgte der Hauptstraße, bis sie am Dorfplatz angekommen war, wo das Palinghuuser Leben tobte. Oder das, was man in Palinghuus als tobendes Leben bezeichnen konnte. Um diese Uhrzeit war das denkbar wenig, denn außer dem Supermarkt mit dem angeschlossenen Café/Bistro/Imbiss – das Ganze trug den Namen Schlemmerkörbchen – war noch nichts geöffnet. Und was erst in ein oder zwei Stunden öffnen würde, war auch nicht allzu viel. Aber dafür gab es hier alles, was man für den täglichen Bedarf benötigte. Die umliegenden Ortschaften waren viel stärker auf Souvenirläden und Restaurants aller Art ausgerichtet.

Sie stellte ihren Wagen gegenüber vom Supermarkt ab und betrat gut gelaunt das Geschäft. Es duftete herrlich nach frisch gebackenem Brot, als sie die Tür aufdrückte, und sofort lief ihr das Wasser im Mund zusammen. Das kleine Ladenlokal war so aufgeteilt, dass die Brotecke sowie die Wurst- und Käsetheke sich zwischen dem Imbiss und dem Supermarkt befanden, damit Antje Reemers und ihre Mutter Heidi auf beiden Seiten Kunden bedienen konnten. Jeder Marketingexperte hätte beim Anblick der Einrichtung wahrscheinlich abfällig vom »Charme der Siebziger« gesprochen und die Hände über dem Kopf zusammengeschlagen, wenn er durch die Regalreihen gegangen wäre. Aber die Reemers kümmerte so etwas herzlich wenig. Ein Regal war ein Regal, und solange nichts zusammenbrach, gab es für sie keinen Grund, etliche tausend Euro in eine Modernisierung zu stecken, die so oder so keine neue Kundschaft angelockt hätte. Wer in Palinghuus einkaufen ging, der ging ins Schlemmerkörbchen. Außerdem wusste die Kundschaft der Reemers es zu schätzen, dass man praktisch blind ins Regal greifen konnte und genau das Gesuchte in der Hand hielt, weil eben nicht alle paar Monate der ganze Laden auf den Kopf gestellt wurde.

Dazu passte das zeitlose Erscheinungsbild der Inhaberin und ihrer Tochter. Heidi trug seit eh und je die blonden, aber mittlerweile doch leicht ergrauten Haare glatt nach hinten gekämmt und zum Pferdeschwanz zusammengebunden. Ihr schmales Gesicht wirkte stets auf die Arbeit konzentriert, ob sie nun Fleischwurst aufschnitt oder Konservendosen auszeichnete. Ihre Tochter Antje war ihr wie aus dem Gesicht geschnitten, allerdings war sie fast einen Kopf größer.

Zufriedene Kunden gingen den beiden über alles, daher blieb kaum ein Sonderwunsch unerfüllt.

In dem Bereich des Marktes, der vom Imbiss beansprucht wurde, gab es eine Kochecke, damit für die Mittags- und die Abendzeit warme Gerichte zubereitet werden konnten.

Das Schlemmerkörbchen war im Dorf die Anlaufstelle schlechthin, wenn man für einen fairen Preis ein leckeres, hausgemachtes Gericht haben wollte. Die Reemers hatten ein breites Angebot, nur eines fehlte im Markt und im Imbiss: Fisch. Für den war Hannes Hansen zuständig, der in der Nähe vom Hafen einen Fischladen mit Imbiss betrieb. Beide Seiten konnten mit der Aufteilung gut leben, soweit Sarah das beurteilen konnte.

»Moin, Sarah«, rief Antje ihr zu, die damit beschäftigt war, frische Brötchen aus dem Ofen zu holen.

»Moin, Antje. Ist heut tote Hose?«, fragte Sarah grinsend.

»Noch, aber nich mehr lang«, sagte die junge Frau, während sie Brötchen vom Blech in den Korb hinter der Theke rutschen ließ. »Ich hab schon die ersten drei Dutzend Vorbestellungen für belegte Brötchen fertig, die gleich auf dem Weg zur Schule abgeholt werden.«

»Dann hat ja alles seine Ordnung«, stellte Sarah lächelnd fest.

»Bist früh dran heute, Sarah. Muss wieder jemand zum Arzt gefahren werden?«

Sarah schüttelte den Kopf. »Nein, Asmussen bringt einen Urlaubsgast von Baltrum an Land, den ich übernehmen soll. Eigentlich will er nur bis nach Norddeich gefahren werden, aber vielleicht kann ich ihn ja davon überzeugen, dass er auch zwei Stationen später in den Zug steigen kann, um etwas länger den Luxus meines Taxis zu genießen.«

»Mich hättest du jetzt schon überredet«, meinte Antje, die Sarahs Taxi durch das Schaufenster betrachtete. Dann wandte sie sich wieder Sarah zu. »Was kann ich dir Gutes verkaufen?«

»Brötchen mit Rührei, wenn du hast.«

»Hab ich. Kaffee dazu?«

Sarah hob bedauernd die Hände. »Keine Zeit.«

»Du kannst ihn zum Mitnehmen haben.«

»Ich hab meinen Kaffee lieber zum Schnacken«, sagte sie grinsend. »Oder zum Kuchen.«

Antje zwinkerte ihr zu. »Kann ich verstehen. Aber wollen halt viele haben.«

Sarah nickte. »Is bloß nicht gut für die Umwelt.«

»Bei uns gibt's nur Mehrwegbecher, Mehrwegdeckel und drei Euro Pfand.« Antje lächelte triumphierend. »Bislang is noch jeder Becher zurückgekommen. Drei Euro schmeißt keiner freiwillig in den Müll. Jedenfalls hier nich.«

»Gut«, fand Sarah. »Wirklich gut.« Sie nahm das Brötchen entgegen, stellte sich an einen der Stehtische und begann zu essen. »Köstlich«, sagte sie zu Antje, als sie fertig war, und warf die Serviette weg. Sie sah auf die Uhr. Noch fünf Minuten. Das passte gut. Bei dem Nebel würde Asmussen bestimmt etwas langsamer unterwegs sein, und damit würde sie so oder so früh genug an der Fähre sein, um den Gast in Empfang zu nehmen.

»Grüß deine Mutter von mir«, sagte sie auf dem Weg zur Tür.

»Mach ich. Die füllt gerade das Waschmittelregal auf.«

»Dann mal tschüüs, Antje.«

»Tschüüs, Sarah.«

Sie ging zurück zum Wagen und fuhr zum Hafen. Auf dem Marktplatz waren zwei Straßenkehrer unterwegs, die sich wohl wie die meisten hier über den einigermaßen milden und vor allem schneearmen Winter freuten. Auch wenn sie Schnee liebte, hörte der Spaß für Sarah dann auf, wenn Glatteis oder Schneewehen sie dazu zwangen, den Wagen stehen zu lassen, bis einer der wenigen Schneeräumer in der Gegend es bis nach Palinghuus schaffte. Dann konnte sie manchmal tagelang kein Geld verdienen, da es nicht möglich war, überhaupt erst zu den wartenden Kunden durchzukommen.

Vor ihr lag der Hafen, auf dem Weg dorthin kam sie auch an der Werkstatt ihres Ex vorbei. Die Einfahrt stand offen, sie wurde etwas langsamer und hupte einmal kurz, als sie James über den Hof zu einem weißen Transporter gehen sah. Er winkte und lächelte ihr zu.

Er ist dein Ex, meldete sich die Stimme in ihrem Kopf zu Wort, die meinte, ungefragt alles Mögliche kommentieren zu müssen. *Du weißt doch, was das Wort »Ex« bedeutet, oder?*

»Ach, halt die Klappe.«

Könnte dir so passen.

»Das könntest du laut sagen … wenn du das könntest.« Als ob daran etwas schlimm gewesen wäre, sich von ihrem Ex anlächeln zu lassen. Es war auf jeden Fall besser, als den Wunsch zu verspüren, mit Vollgas auf den Hof fahren und ihn auf die Haube nehmen zu wollen.

Wie du meinst.

»Ja, meine ich«, knurrte sie und bog ins Hafengebiet ein. Dort fuhr sie ganz durch bis zu der Stelle, wo die Hafeneinfahrt den Deich teilte und wo sich die Anlegestelle befand, an der sie ihren Fahrgast abholen sollte. Von hier aus hätte sie bei klarem Wetter die Scheinwerfer und die Positionslichter von Asmussens kleiner Fähre erkennen können, da er sich um diese Zeit bereits kurz vor dem Hafen hätte befinden müssen. Im Nebel dauerte das zwangsläufig etwas länger, aber Asmussen waren die Fahrtrouten über dreißig oder vierzig Jahre hinweg so ins Blut übergegangen, dass er auch mit geschlossenen Augen seinen Weg gefunden hätte.

Sarah stieg aus und atmete die kalte Morgenluft ein. Es regte sich kein Wind, der den Nebel hätte vertreiben können. »Ich muss mal wieder zum Friseur«, murmelte sie.

Das fällt dir ausgerechnet jetzt ein?

Sie musste über den Kommentar in ihrem Kopf grinsen. Tatsächlich war ihr das nur eingefallen, *weil* kein Wind ging. Es erinnerte sie daran, dass ihre Haare zu lang geworden waren, denn bei Wind wären die ihr jetzt ins Gesicht geweht worden, und das konnte sie nicht ausstehen.

Sarah betrachtete den Hafen, in dem nur ein paar alte Fischerboote lagen, die inzwischen alle mehr Dekoration als Arbeitsgerät waren. Außer Hannes Hansen und seinem Fischladen mitsamt Imbiss – sinnigerweise Hannes Hansens Heringsbood genannt – konnte in Palinghuus niemand mehr vom Fischfang leben, und Hansen machte sein Geschäft vor allem im Sommer, wenn er mit seinem Imbisswagen die umliegenden Ortschaften anfuhr, um bei den Touristen seine Spezialitäten an den Mann zu bringen.

Ein paar der alten Fischerboote wurden inzwischen von Frühling bis Herbst an Touristen als Unterkünfte vermietet, zwei oder drei waren noch seetüchtig und boten Ausflugsfahrten zu den Sandbänken an, auf denen sich die Seehunde tummelten.

Sie drehte sich wieder in Richtung Hafeneinfahrt um, wo das rote und das grüne Licht der Bojen am Ende der Molen leuchtete. Es war nahezu totenstill, da durch den Nebel das Rauschen der Wellen auf der anderen Seite des Deichs fast völlig gedämpft wurde und nur das Plätschern vom Rand des Hafenbeckens zu hören war – abgesehen natürlich von dem aus der Ferne herüberdriftenden Nebelhorn.

Auf einmal zeichnete sich in der Dunkelheit auf dem Meer ein etwas hellerer Fleck ab. Er wurde schnell größer und ließ die Nebelwand aufleuchten. Dann schälten sich aus dem Nebel die Konturen der kleinen Fähre heraus, die auf dem Dach der Führerkabine nur zwei nicht allzu große und auch nicht sonderlich helle Leuchten aufwies, die das Wasser beschienen.

Sarah stieß sich von ihrem Wagen ab und ging zum Steg, an dem die Fähre gleich anlegen würde. Im hellen Lichtschein der Laternen konnte sie sehen, dass Asmussen ihr zuwinkte. Als die Fähre die alten Lkw-Reifen berührte, die als Rammschutz an der Kaimauer hingen, griff Sarah nach dem Tau, das der Fährmann ihr reichte, und machte es fest.

»Moin, Frau Teufel«, sagte er und zwinkerte. »Alles klar?«

»Alles bestens, Herr Asmussen«, erwiderte sie. »Was macht dein Bein?«

»Was Beine so machen: Es geht«, antwortete er und begann zu lachen. »Wartest du schon lange hier, Frau Teufel?«

Sie schüttelte den Kopf. Obwohl sie mit Asmussen per Du war, sprachen sie sich mit Nachnamen an, seit sie sich kannten. Ihre Entscheidung war das nicht gewesen, aber ihm hatte ihr Nachname so gut gefallen, dass er sich nicht mit »Sarah« begnügen wollte. Im Gegenzug hatte sie beschlossen, ihn nur »Herr Asmussen« zu nennen.

Er drehte sich zu seinem Fahrgast um. »Wir sind da, Herr Hoffmann!«, rief er ihm zu.

Der Mann rührte sich nicht.

»Herr Hoffmann!«, wiederholte er etwas lauter.

Der Mann saß zusammengekauert da, der Kopf war ein wenig nach vorn geneigt, so als wäre er auf der Überfahrt eingeschlafen.

»Hoffentlich is er nich erfroren«, murmelte Asmussen.

»Du bist ja nich grade mit ›nem Schnellboot unterwegs«, wandte Sarah ein, kletterte auf die Fähre und ging nach hinten. »Moin, Herr Hoffmann, Ihr Taxi is da«, sagte sie. »Die Heizung läuft auch schon.«

Der Fahrgast blieb stur sitzen, als hätte er sie nicht gehört. Bei ihm angekommen, tippte sie ihm leicht auf die Schulter.

Aber er reagierte nicht, sodass sie ihn etwas fester an der Schulter packte und rüttelte. Plötzlich kippte er nach links auf den freien Teil der Bank und rollte von dort auf den Boden, wo er einfach liegen blieb.

Während sich Sarah neben ihn hockte und an seinem Hals nach dem Puls fühlte, kam Asmussen zu ihr. »Was is los? Was hat er? Is ihm nich gut?«

Sarah sah den Fährmann ernst an. »Er is tot, Herr Asmussen.«

Kapitel 2

»Tot? Wieso tot?«

»Keine Ahnung, Herr Asmussen«, gab Sarah erschrocken zurück. »Jedenfalls hat er keinen Puls mehr.«

»Ja, aber … aber … wie kann auf meiner Fähre einer tot umfallen?« Der Fährmann betrachtete den Fahrgast, der sich nicht mehr rührte. »Eben hat er noch gelebt!«

Sarah zuckte mit den Schultern. »Womöglich ›n Herzinfarkt.« Sie griff nach ihrem Handy und bestellte einen Rettungswagen. Als sie das Gespräch beendete, murmelte sie: »Das wird dauern, bis der kommt. Irgendwo muss ›ne Bombe entschärft und dafür ›n Krankenhaus evakuiert werden.«

Asmussen bekam von ihren Worten anscheinend nichts mit, sondern sah weiter ungläubig den Toten an. »Sah gar nicht krank aus«, überlegte er.

»Schaut man halt nicht rein«, sagte Sarah, die der Tote zwar nicht kalt ließ, die sich aber nach außen hin gelassen gab, damit Asmussen nicht noch damit anfing, sich irgendwelche Vorwürfe zu machen.

»Nee, tut man nich. Hast recht, Frau Teufel.« Er schüttelte den Kopf. »Hab auch nix mitgekriegt.«

Sie legte eine Hand auf seinen Oberarm. »So laut, wie der Motor is, kannst du ja auch gar nix mitkriegen. Is nich deine Schuld.« Mit der freien Hand machte sie eine vage Geste. »Und selbst wenn du es gemerkt hättest, wär ihm damit wohl auch nicht geholfen gewesen. Bis du mit dem an Land gewesen wärst, hätte man eh nichts mehr tun können. Da machen die paar Minuten auch nichts aus, die du früher hättest anrufen können, wenn du's noch vor dem Anlegen bemerkt hättest.«

Der Fährmann nickte. »Hast schon recht, Frau Teufel. Warum müssen die auch dauernd irgendwo buddeln und diese schiet Bomben von damals finden?«

»Eben«, stimmte sie ihm zu. »Gib mir mal eine von den Decken.«

»Is dir kalt?«

»Nee, ich will den Toten bloß zudecken, bis ein Arzt kommt«, erklärte sie.

»Ein Arzt?«

Wieder nickte Sarah. »Ja, die Todesursache muss festgestellt werden. Eigentlich müssten wir sogar die Polizei rufen, aber dann würden wir morgen noch hier stehen und warten.« Seit die kleine Wache im Dorf geschlossen worden war und nun die Kollegen im fast vierzig Kilometer entfernten Aurich zuständig waren, bekam man die Polizei in Palinghuus kaum noch zu sehen. Ab und zu ließ sich ein Streifenwagen blicken, der fast schneller durchs Dorf huschte, als man gucken konnte. Eigentlich war das Ganze ein unhaltbarer Zustand, was jeder im Dorf nur bestätigen konnte, andererseits passierte in Palinghuus so selten etwas, dass man die Schließung der Dienststelle durchaus nachvollziehen konnte. Schließlich hatte die Post ihr kleines Amt am Dorfplatz auch zuge-

macht und das Schlemmerkörbchen einen Schalter eröff-
nen lassen, der den Ansprüchen der Palinghuuser mehr
als gerecht wurde.

»Dann werd ich mal die werte Frau Doktor anrufen«,
sagte Asmussen und griff nach seinem Handy.

»Kannst du machen, aber Dr. Jakobi is nich da«,
wandte Sarah ein. »Die hab ich gestern nach Bremen
zum Bahnhof gefahren, weil sie für ›ne Konferenz nach
Stuttgart musste. Vor Montag is sie nich zurück.«

»Und nu?«

»Sie hat gesagt, dass sie einen Bekannten aus dem
Krankenhaus in Emden bitten wollte, für sie einzusprin-
gen.« Sarah überlegte einen Moment lang. »Nee, der
Name fällt mir nich ein. Aber sie hat gesagt, dass sie die
Bandansage auf der Mailbox ändern will, damit jeder
weiß, an wen er sich wenden muss.«

»Neumodischer Kram«, murmelte der Fährmann und
wählte die Nummer der Ärztin, dann lauschte er eine
Weile. »Da wird doch der Hund in der Pfanne verrückt«,
sagte er, als die Ansage gelaufen war.

»Was?«

»Rat mal, wer sie vertritt.«

»Bloß nich«, erwiderte Sarah, da sie schon eine Ahnung hatte. »Husen?«

»Dr. med. Husen«, bestätigte Asmussen. »Wie er leibt
und lebt.«

Sarah stöhnte auf. Dr. Husen war mit vierundachtzig
vermutlich der dienstälteste praktische Arzt der Welt,
der es irgendwie geschafft hatte, seine Zulassung nicht
abgeben zu müssen. Dr. Jakobi hatte ihr das vor einer
Weile mal erklärt, aber die Details hatte Sarah sich nicht
merken können. Auf jeden Fall hatte es etwas mit einem
regional gültigen Gesetz von achtzehnhundertnochwas
zu tun, das man vergessen hatte, rechtzeitig außer Kraft

zu setzen. Husen war ziemlich kurzsichtig, aber zu eitel für eine Brille, und er hörte noch viel schlechter, als er sehen konnte. Wenn er schon auf die Brille verzichtete, warum sollte er dann zum Hörgerät greifen? Sein Motto war: Wenn's wichtig ist, wird man's mir schon noch mal sagen.

Asmussen hielt ihr sein Handy hin. »Machst du?«

»Was?«

»Husen anrufen.«

Sie sah den Fährmann verständnislos an.

»Meine Stimme is zu tief«, erklärte er. »Deine hellere Stimme kann er besser hören.«

»Hören ja, aber verstehen?« Als Asmussen weiter nichts sagte, zog sie ihr Smartphone aus der Tasche und tippte auf das Namensverzeichnis. Dann ließ sie es klingeln … und klingeln … und klingeln … bis Husen sich endlich meldete. »Guten Morgen, Herr Dr. Husen. Teufel hier … nein, Teufel … nein, Sarah Teufel … Sa-rah Teufel. Ja, genau …« Sie erklärte ihm, was vorgefallen war, erklärte es ihm ein zweites Mal, dann bestätigte sie, dass sie ihn gleich abholen werde, um ihn zum Hafen zu fahren.

Nachdem sie aufgelegt hatte, nickte sie Asmussen zu. »Du hast ja alles mitgekriegt. Ich hole Husen ab und komme mit ihm her.«

»Ich lauf nich weg«, versicherte ihr der Fährmann und sah auf die Decke, die über dem Toten ausgebreitet lag. »Und er auch nich.«

»Kommen Sie, Dr. Husen«, sagte Asmussen, als Sarah eine halbe Stunde später mit dem Mann zurückgekehrt war. »Ich halt Sie fest.«

»Danke, junger Mann«, erwiderte der kleine, leicht bucklige Arzt, der wie erwartet keine Brille trug und stattdessen die Augen angestrengt zusammenkniff, um erkennen zu können, wohin er trat. Immerhin war es inzwischen schon um einiges heller, sodass Husen seine Umgebung zumindest halbwegs wahrnehmen konnte. »Oh … wo ist meine Tasche?«

»Die hab ich, Dr. Husen«, rief Sarah ihm zu, obwohl sie dicht hinter ihm war. Sicher hätte er sie bei normaler Lautstärke nicht gehört, zumal der Nebel noch dichter geworden war und jedes Geräusch zu verschlucken schien.

Der Arzt nickte. »Ah, gut … gut.« Schließlich stand er auf der kleinen Fähre, Sarah kam dazu, ging an ihm vorbei und zeigte ihm so die Richtung an, in die er gehen musste.

»Hier hinten, Herr Dr. Husen.«

Asmussen war nun hinter dem Arzt und schob ihn sanft vor sich her. Wenigstens schaukelte die Fähre kaum, sodass keine Gefahr bestand, dass der kleine Mann das Gleichgewicht verlor. Als die beiden bei Sarah angekommen waren, schlug sie die Decke zur Seite.

»Is das der Tote?«, fragte Dr. Husen, der sich die Tasche geben ließ und ein Klemmbrett herausholte, auf dem ein Formular befestigt war.

Vermutlich der Totenschein, auch wenn Sarah es nicht genau erkennen konnte. Sarah musste sich ein Grinsen verkneifen, so unpassend das in dieser Situation auch gewesen wäre, aber Husens Frage klang einfach zu absurd. Sie sah, wie Asmussen die Augen in Richtung Himmel verdrehte. »Ja, genau. Mein erster Gedanke war: Herzinfarkt«, fügte sie hinzu, ohne sich etwas anmerken zu lassen.

»Wie heißt der Mann?«, wollte der Arzt wissen.

Sarah und der Fährmann sahen sich kurz an. »Hoffmann«, sagte der dann.

»Was?«

»Hoffmann. Weiter weiß ich nicht.«

»Sie wissen nicht, wie er heißt, sagen Sie?«, hakte der Arzt nach. »Dann müssen Sie die Polizei rufen. Die muss erst mal herkommen.« Mit diesen Worten wollte er gleich wieder sein Klemmbrett wegpacken.

»Doch, doch, Hoffmann heißt er. Und er hat auch Papiere dabei«, sagte Asmussen hastig. »Richtig, Frau Teufel?«

»Ja, ganz bestimmt«, antwortete sie. »Augenblick.« Sie sah, dass Husen das Klemmbrett schon in die Tasche gesteckt hatte, daraufhin tippte sie ihm auf die Schulter. »Moment, Herr Dr. Husen!« Es kostete sie einige Überwindung, trotzdem hockte sie sich hin und tastete nach der Innentasche der Jacke. Erleichtert atmete sie auf, als ihre Finger etwas berührten, das die Brieftasche des Toten sein musste. Sie zog daran und hielt schließlich ein schwarzes Ledermäppchen in der Hand. Es war seine Brieftasche! Sie klappte sie auf und entdeckte als Erstes den Personalausweis. »Hier ist alles.«

»Was is?«, fragte der Arzt.

»Die Papiere!«, sagte Sarah in einer für sie ungewohnten Lautstärke. Der Doktor war schon ein ganz besonderer Fall, weil er sich gerade als Arzt so sehr dagegen sträubte, zu den zwei denkbar einfachsten Hilfsmitteln zu greifen, um wieder alles um sich herum wahrnehmen zu können.

»Ah.« Husen zog das Klemmbrett ein weiteres Mal aus der Tasche. Dann nahm er den Ausweis des Toten und hielt ihn dicht vor seine Augen. »M-hm.« Auf einmal stutzte er. »Frau Teufel, Sie müssen mir den Ausweis hinhalten, sonst habe ich eine Hand zu wenig, wenn ich das Formular ausfüllen will.«

»Kann ich machen.«

»Über was wollen Sie lachen?«

Sie schüttelte den Kopf. »Nein. Ich hab gesagt, ich kann das *machen*.«

Jetzt schüttelte auch der Arzt den Kopf. »Also *ich* kann darüber nicht lachen.«

Bevor diese Unterhaltung sich noch länger im Kreis drehen konnte, nahm Sarah ihm lächelnd den Ausweis des Toten ab.

»Am besten is, ich setze mich hin«, sagte Dr. Husen als Nächstes. »Im Stehen kann ich nicht mehr so gut schreiben. Da bin ich was zu zittrig geworden.«

»Ja, natürlich«, stimmte sie ihm zu.

Er machte einen Schritt nach vorn, es gab einen dumpfen Knall. »Oh, entschuldigen Sie, Frau Teufel. Ich wollte Sie nich treten.«

»Sie haben mich nich getreten«, erwiderte sie.

»Ich sagte doch, es war keine Absicht!« Husen klang ein wenig verärgert.

Asmussen deutete nach unten auf den Boden und verzog den Mund. Sarah folgte der angezeigten Richtung und musste feststellen, dass der Arzt dem Toten gegen den Kopf getreten hatte und davon überzeugt war, er habe ihren Fuß erwischt.

An Asmussen gewandt zuckte sie mit den Schultern. Wahrscheinlich würde es nur zu noch mehr Missverständnissen führen, wenn sie versuchte, Dr. Husen zu erklären, was tatsächlich passiert war. Also ließ sie ihn in seinem Glauben.

Der Arzt nahm auf der Sitzbank Platz und winkte Sarah zu sich heran, damit sie ihm den Ausweis des Toten hinhielt. Sie beugte sich vor, er korrigierte den Abstand zwischen dem Ausweis und seinen Augen, las ein paar Worte und übertrug sie auf das Formular, das er genauso dicht vor sein Gesicht hielt, um zu sehen, wo er was eintragen musste. Das Spiel wiederholte sich einige Male, bis er alles übertragen hatte, dann kreuzte er auf dem Formular verschiedene Kästchen an, füllte ein Textfeld aus und versah das Ganze mit seiner Unterschrift. Das Formular zog er unter der Metallklemme hervor, trennte den letzten von mehreren Durchschlägen ab und gab ihn Sarah. »Sie wissen ja, was Sie damit machen müssen«, sagte er, lächelte sie an und steckte das Klemmbrett zurück in seine Tasche.

»Ich hab keine Ahnung«, antwortete sie.

»Nein, nein, der bekommt keinen Durchschlag«, erwiderte Husen und hob mahnend den Zeigefinger. »Darum kümmere ich mich schon. Der bekommt erst mal ein Fax. Damit er Bescheid weiß.«

»Wie bitte?« Sarah stand da und wusste nicht, von wem der Arzt redete und was er verstanden hatte.

»Gerne doch«, sagte Husen, stand auf und stolperte so über den Toten, dass er hingefallen wäre, wenn Sarah nicht im Weg gestanden und ihn an den Armen gepackt hätte.

»Sie können mich dann zurückfahren, Frau Teufel«, sagte er, als wäre nichts weiter passiert.

Sarah fuhr sich frustriert durch die Haare und sah auf den Totenschein. »Herr Husen, wieso haben Sie ›Herzinfarkt‹ als Todesursache notiert?«

»Bitte was?« Er drehte den Kopf ein wenig zur Seite.

»Warum steht da ›Herzinfarkt‹?«, fragte sie und zeigte auf das Formular.

»Ein was?«

»Herzinfarkt«, wiederholte sie lauter.

Er nickte freundlich. »So, wie Sie es gesagt haben. Gut, dass Sie das schon festgestellt hatten.« Er zwinkerte ihr zu. »Da konnte ich mir die Untersuchung sparen.«

»Ich habe das nich festgestellt!«, widersprach sie ihm.

»Nein, nein, ich sagte: Gut, dass Sie das schon festgestellt hatten«, entgegnete er und musterte sie einen Moment lang, dann kratzte er sich am Kopf. »Ich bin ja nich Ihr behandelnder Arzt, aber Dr. Jakobi sollte Sie doch besser mal zum Ohrenarzt überweisen.« Dann tätschelte er ihre Hand. »Is nich bös gemeint, Frau Teufel. Aber ich bin schon so lange Landarzt, da erkennt man die Symptome schnell. Fahren Sie mich nach Hause?«

»Ja, natürlich«, sagte sie resigniert und nahm ihm die Tasche ab, dann gingen sie beide hinter Asmussen her bis zum Bootssteg, begleiteten den Arzt bis an Land, wo Sarah ihm half, in ihr Taxi einzusteigen. Nachdem sie die Tasche neben ihm auf den Sitz gelegt und die Tür zugemacht hatte, drehte sie sich zu Asmussen um, der nur den Kopf schütteln konnte.

»Möchte wissen, ob er auch ›vom Trecker überrollt‹ hingeschrieben hätte, wenn du das als Todesursache genannt hättest, Frau Teufel«, sagte der Fährmann leise, obwohl das gar nicht nötig war.

»Ich fürchte, das hätte er.« Sie atmete tief durch. »Wenn ich ihn zu Hause bei seiner Frau abgeliefert hab, komm ich wieder her. Bestell du den Rettungswagen ab, die sollen nich extra noch herkommen, wenn sie woanders dringender gebraucht werden. Und ruf schon mal Kutzelnigg an.«

»Den Bestatter?«

»Eben den.«

»Wieso?«

»Willst du lieber den toten Herrn Hoffmann noch ein paar Tage durch die Gegend schippern?«

Asmussen zog verdutzt die Augenbrauen hoch. »Besser nich. Dürfte nich gut fürs Geschäft sein.«

»Find ich auch.«

»Geht klar«, versicherte er ihr. »Bis gleich.«

Sie sah sich um, der Nebel war noch etwas dichter geworden, womit die Sicht jetzt bei weniger als zwanzig Metern zu liegen schien. »Wird ›n büschen dauern. Bei der Suppe kann ich nur Schritt fahren.«

Asmussen rieb sich übers Gesicht. »Na gut. Ich komm eh nirgendwohin. Ich werd mal die Brieftasche durchsuchen. Vielleicht find ich ja was, wen man im Todesfall anrufen muss.«

Sarah nickte. »Mach das. Und vielleicht gibt sein Handy ja was her.«

Es dauerte fast eine Stunde, um bei der noch schlechter gewordenen Sicht den Arzt nach Hause zu fahren. Dr. Husen war auf der Rückbank eingedöst, und Sarah hatte ihn erst einmal wecken müssen, als sie bei ihm daheim angekommen war. Seine Frau hatte bereits voller Unruhe am Gartentor auf ihn gewartet und war mit ihm sofort nach drinnen gegangen, während Sarah sich auf den Rückweg zum Hafen gemacht hatte.

Als hätte der Nebel nur darauf gewartet, bis Sarah sich zurück zur Anlegestelle von Asmussens Fähre getastet hatte, begann er sich fast schon im Eiltempo aufzulösen, bis nur noch das Meer jenseits der Molen von einem weißen Schleier verdeckt war. Prompt wimmelte es überall im Hafen von Möwen, die offenbar irgendwo gewartet hatten, bis die Sicht wieder gut genug war, um sich in die Lüfte erheben zu können. Von allen Seiten war das laute Kreischen der Vögel zu hören, die sich auf die tägliche Suche nach Futter begaben.

Asmussen empfing sie mit einem Kopfschütteln, als sie über den Steg auf seine Fähre zurückkehrte. »Kein Handy.«

Sie stutzte. »Auch nicht im Gepäck?«

»Gepäck?«

»Koffer? Reisetasche? Dieser Hoffmann wollte doch zum Bahnhof gefahren werden.« Sie sah den Fährmann fragend an. »Wenn man nach Hause fährt, nimmt man eigentlich sein Gepäck mit. Machen jedenfalls die meisten Leute so.«

»Verdüvelt. Der Koffer!« Asmussen klatschte die Hand gegen seine Stirn. »Wo is der Koffer? Der Mann hatte ›nen Koffer.«

»Vielleicht irgendwo druntergerutscht?« Sie ging geduckt über die kleine Fähre und suchte unter den Bänken, konnte aber nichts finden.

»Versteh ich nich.«

»Ich auch nich«, sagte Sarah. »Angenommen, Herr Hoffmann hat tatsächlich einen Herzinfarkt erlitten, warum sollte er dann den Koffer und sein Handy über Bord geworfen haben, ehe er zu Boden sank.«

»Hm. Beim Handy könnt ich mir noch vorstellen, dass es ihm aus den Fingern gerutscht ist, als er Schmerzen bekam. Aber der Koffer…?« Der Fährmann zuckte ratlos mit den Schultern. »Der war verdammt schwer, den konnte man nich mal eben hochheben, dass er über die Reling gerutscht wär.«

»Das is gar nich gut.«

»Wieso?«

Sarah kratzte sich am Ohr. »Weil es sein könnte, dass Hoffmann nich einfach tot umgefallen is, sondern dass ihn jemand … umgebracht hat.«

Kapitel 3

Es war bereits nach zehn Uhr, als endlich der Bestatter eintraf. Kutzelnigg fuhr mit seinem 67er Cadillac Leichenwagen vor, einem schwarzen, reichlich mit Chrom verzierten Monstrum, endlos lang und breit und eigentlich schon ein bisschen kitschig – dafür aber der ganze Stolz des Bestatters, der in jahrelanger und mühevoller Kleinarbeit einen Haufen Rost in ein solches Prachtstück verwandelt hatte. Irgendwie passte es, dass der Wagen jetzt neben Sarahs New Yorker Taxi parkte.

Die Zeit bis zur Ankunft des Bestatters hatten Sarah und Asmussen genutzt, um mit ihren Smartphones im Internet nach weiteren Informationen über den Toten zu suchen. Aber obwohl sie dank seines Personalausweises seine komplette Adresse und das Geburtsdatum kannten, verlief die Suche nach Armin Hoffmann komplett vergebens. Er tauchte in keinem sozialen Netzwerk auf oder besser gesagt: Es tauchten gleich Dutzende Personen mit diesem Namen auf, aber von denen, die sich irgendwo mit Foto präsentierten, war keiner ihr rätselhafter Toter, und bei den übrigen gab es keine weiterführenden Hinweise. Es war fast so, als würde er gar nicht existieren, zumindest nicht in der digitalen Welt.

»Moin zusammen«, sagte Kutzelnigg, der mit einem schweigsamen und betreten dreinschauenden Helfer zu Asmussen und Sarah auf die Fähre kam. Kutzelniggs leuchtend rote Haare, die er streng nach hinten gekämmt trug, wirkten wie ein Lichtpunkt vor dem schwarzen Hintergrund des Leichenwagens und des schwarzen Anzugs. Zudem unterstrichen sie die Blässe seines Gesichts, die ihn immer ein wenig so aussehen ließ, als wäre er selbst eben erst einem Sarg entstiegen.

»Moin, Herr Kutzelnigg«, erwiderten sie und Asmussen beinahe im Chor, während der Mann sich umsah.

»Wo ist der Kunde?«, fragte er. Als er sah, in welche Richtung die beiden zeigten, schüttelte er prompt den Kopf. »Geht nich.« Er drehte sich zu seinem Helfer um. »Hein, wir müssen den Kunden so von Bord tragen. Sarg passt nich auf den Kahn.«

»Alles klar, Chef«, erwiderte der junge Mann. Der trug die pechschwarzen Haare seltsam asymmetrisch geschnitten, am Hemdkragen lugten die Spitzen einer Tätowierung hervor. Beim Anblick eines eintätowierten Stücks Stacheldraht vermutete Sarah, dass die Tätowierung sehr großflächig ausfallen musste, um zum Stil des Mannes zu passen. Und vielleicht auch ein klein wenig satanisch oder dämonisch.

»Wo soll er eigentlich hin?«, fragte Kutzelnigg, während er zum Heck ging.

»Für die nächste Zeit müssten Sie ihn bei sich lagern«, antwortete Sarah, die so wie alle in Palinghuus den Bestatter siezte. Sie wusste, es war eigentlich nur ein dummer Aberglaube, dennoch kam es ihr etwas seltsam vor, mit einem Mann per Du zu sein, dessen Geschäft der Tod war.

»Für die nächste Zeit? Geht das etwas präziser?«

»Wir wissen nichts über ihn«, sagte sie. »In seiner Brieftasche haben wir nichts gefunden, das weiterhelfen würde. Kein Hinweis, mit wem man Kontakt aufnehmen soll, falls ihm etwas zustößt.«

»Klar. Dafür hat man sein Smartphone.«

»Hat er aber nich.«

»Hat er nich? Ohne so'n Ding is man doch gar nich mehr lebensfähig ...« Er unterbrach sich, stutzte und meinte dann: »Was damit bewiesen is. *Alea ... iacta est.*«

»Wenn schon, dann *Quod erat demonstrandum*«, korrigierte sie ihn und musste lachen. »Handy is abhandengekommen. Genau wie der Koffer.«

Kutzelnigg drehte sich um. »Abhandengekommen? Ich dachte, der Mann hatte einen Herzinfarkt. Dr. Husen hat mir das so gefaxt.«

»Wieso hat er das Ihnen auch gefaxt?«

»Hab ihn drum gebeten, weil der Mann auf offener Straße ... See ... also in der Öffentlichkeit ums Leben gekommen ist. Formsache«, fügte er mit einer angedeuteten entschuldigenden Miene an. »Also kein Herzinfarkt?«

»Wissen wir nich«, sagte Sarah. »Darum ja die Bitte, dass Sie ihn bei sich ... lagern.«

»Hat Husen ihn denn nich untersucht?«

Sarah und der Fährmann schüttelten gleichzeitig den Kopf, dann erzählten sie ihm von den Missverständnissen zwischen ihnen und dem Arzt.

Der Bestatter nickte verstehend und musste unwillkürlich grinsen. »Ah, jetzt wird mir klar, warum er dreimal darauf bestanden hat, dass ich ihn mit Herrn Kutzelnigg persönlich verbinden soll, obwohl ich ihm wieder und wieder erklärt hab, dass ich am Apparat bin.«

»Und? Haben Sie ihn denn ›weiterverbunden‹?«, fragte Sarah ein wenig ironisch.

»O ja. So gut, dass er sich bei mir über meine ›unfreundlichen Mitarbeiter‹ beschwert hat, die ihn einfach nicht zu mir durchstellen wollten.« Er hob die Schultern ein wenig frustriert an. »Aber da muss man halt durch, wenn man's mit Starrköpfen zu tun hat, die einfach kein Hörgerät tragen wollen.« Er deutete auf den Toten. »Also wissen wir nich, was den guten Mann umgebracht hat.«

»Stimmt«, sagte der Fährmann. »Auf jeden Fall wird er nich auf die Idee gekommen sein, seine Sachen über Bord zu werfen, wenn ihm auf einmal schwindlig wurde.«

»Und wenn er was verschwinden lassen wollte?«, gab der Bestatter zu bedenken.

»Sie meinen … Schmuggelware?« Sarah zog die Augenbrauen zusammen und nickte. »Wär auch denkbar. Wenn er merkt, ihm ist nicht gut …«

»… und er müsste ins Krankenhaus«, ergänzte Asmussen, »dann würde vielleicht jemand den Koffer aufmachen und auf ›n paar Kilo Drogen stoßen.«

»Oder Falschgeld«, sagte Sarah. »Könnte auch sein.«

»Jedenfalls stimmt da was nich«, folgerte Kutzelnigg. »Hören Sie, mein Neffe ist Gerichtsmediziner. Drüben in Flensburg. Wenn Sie wollen, ruf ich ihn an. Dann kann er morgen rüberkommen und mal ›nen Blick auf den Toten werfen. Natürlich völlig inoffiziell.«

»Natürlich«, bestätigte Sarah. »Wär gut, wenn das ginge.«

»Wird schon gehen. Ich hab was gut bei ihm. Jede Menge sogar«, meinte der Bestatter und nickte in die

Runde. »Also dann, Hein, schaffen wir den Herrn erst mal von Bord, damit wir ihn einsargen können.«

Der junge Mann stieg über den Toten, um seine Beine fassen zu können. »Wenn's vielleicht doch kein natürlicher Tod war«, gab Hein zu bedenken und brachte zum ersten Mal an diesem Morgen einen Ton heraus, »müssten wir ihn dann nich liegen lassen, bis die Polizei hier gewesen ist und alles aufgenommen hat?«

»Müssten wir. Sollten wir. Tun wir aber nich«, entschied Kutzelnigg. »Weil nichts passieren wird. Die Polizei wird 'nen Arzt anfordern, das is unser lieber Doktor ›Wie bitte?‹ Husen. Der wird der Polizei natürlich direkt sagen, dass er Herzinfarkt als Todesursache notiert hat, und dann hat sich die Sache für die. Husen müsste erst mal die Todesursache ändern. Vielleicht hast du ja die Geduld, um ihm das zu erklären.«

Hein sah seinen Chef sekundenlang an, dann sagte er: »Bin schon bei der Arbeit, Chef.«

Sie trugen den Toten in den Gang zwischen den Sitzen und wollten schon losgehen, da rief Sarah: »Halt, Augenblick. Was is' das denn?«

»Was is‹ was denn?«, wollte der Bestatter wissen und blieb stehen.

»Hier«, sagte sie, zog ein Taschentuch aus der Jacke und fasste damit nach dem Objekt, das an der Jacke des Toten hing.

»Eine Feder?«, fragte Asmussen verwundert.

»Eine rote Feder«, betonte Sarah, »die aussieht wie maschinell hergestellt.«

»Wo kommt die denn her?«

»Weiß nich. Aber wir sollten sie vorsichtshalber sicherstellen«, empfahl sie und wickelte die flauschige Feder in das Papiertaschentuch.

»Können wir dann weiter?«, drängte Kutzelnigg. »Tote werden nich leichter, je länger man sie hochhebt.«

»Ja, ja, schon okay«, sagte sie. »Sie rufen an, wenn Ihr Vetter herkommt?«

»Aber ja.« Dann trugen er und sein Helfer den Toten von Bord.

Sarah hockte sich dorthin, wo der Tote gelegen hatte, und sah sich genau um, ob es außer der Feder noch irgendetwas Ungewöhnliches zu entdecken gab. »Nichts. Auch kein Handy.«

»Seltsam, das mit der Feder«, murmelte Asmussen. »Wüsste nich, wo die herkommen sollte.«

»Eben, es geht ja auch kein Wind, dass die von irgendwo an Bord geweht worden sein könnte«, stimmte Sarah ihm zu. Eigentlich wollte sie der Feder keine allzu große Bedeutung beimessen, aber sie war nun mal das Einzige, was hier fehl am Platz wirkte. Da sie ohne das Gepäck und das Handy des Toten vorerst keine Möglichkeit hatten, mit jemandem Kontakt aufzunehmen, der ihnen etwas über das Opfer berichten konnte, was sie mit etwas Glück auf eine Spur gebracht hätte, mussten sie versuchen, mit diesem einen möglichen Beweisstück weiterzukommen.

Sie sah sich auf der Fähre um, ob anderswo irgendetwas Verräterisches oder zumindest Auffälliges zu entdecken war. »Möchte wirklich wissen, wo der Koffer hin is«, sagte sie nachdenklich. »Und was drin war.«

»Und nu?«, fragte Asmussen.

»Und nu? Abwarten, was der Vetter vom Bestatter herausfindet.«

»Können wir nicht irgendwas tun?«, beharrte der Fährmann. »Mir passt das gar nich, dass der auf meiner Fähre tot umgefallen is.«

»War ja nich deine Schuld, Herr Asmussen«, beruhigte sie ihn.

»Weißt du was? Ich fahre noch mal rüber zur Insel. Vielleicht entdecke ich unterwegs ja den Koffer«, überlegte er.

»Gute Idee, ich komme mit.« Sarah streckte sich, im nächsten Moment ging eine SMS ein. Sie las sie und verzog den Mund. »Mitkommen is nich. In zwanzig Minuten hab ich ›nen Fahrgast.«

»Kieken kann ich auch allein«, sagte Asmussen und lächelte sie entwaffnend an.

»Aber fall mir ja nicht ins Wasser, wenn du versuchst, den Koffer an Bord zu ziehen«, warnte sie ihn.

»Wird schon nich passieren.«

»Warte lieber auf mich. Ich ruf an, wenn ich den Fahrgast abgesetzt hab.« Sie lächelte ihn an. »Dann können wir gemeinsam suchen. Du weißt ja, wie das mit den vier Augen is.« Sie verabschiedete sich von ihm und verließ die Fähre.

Als sie in ihr Auto stieg und die Fahrertür zuzog, geriet Wackel-Elvis in Bewegung. »Eine geschälte Banane ist nur die Hälfte wert«, verkündete er, während Sarah den Motor anließ. Ein Blick zur Uhr zeigte ihr, dass sie viel zu früh am Ziel sein würde, andererseits reichte die Zeit auch nicht, um noch einmal nach Hause zu fahren.

Sie fuhr gemächlich in Richtung Dorfmitte los und überlegte, ob sie noch mal am Schlemmerkörbchen anhalten sollte, um den Kaffee zu trinken, auf den sie zuvor verzichtet hatte und den sie jetzt gut gebrauchen konnte. Ohne weiter nachzudenken setzte sie den Blinker und bog links ein, aber erst als sie anhielt, wurde ihr bewusst, dass sie nicht in die Straße am Schlemmerkörbchen abgebogen war, sondern viel früher – und nun stand sie auf dem Hof der Werkstatt ihres Ex!

O verdammt! Wie konnte denn so was passieren? Sie wollte ihm doch aus dem Weg gehen, so oft und so lange das möglich war, und hier und jetzt wäre das sogar sehr gut möglich gewesen.

Das Lenkrad macht, was das Herz will, meldete sich die Stimme in ihrem Kopf spöttisch zu Wort.

»Blödsinn, ich war in Gedanken!«, widersprach sie sich selbst.

Das glaubst du doch selbst nicht!

»Wann bin ich denn das letzte Mal auf eine Leiche gestoßen?«, wollte sie wissen.

Lenk nicht ab.

Plötzlich klopfte jemand gegen die Seitenscheibe, woraufhin sie vor Schreck zusammenzuckte. Die Stimme in ihrem Kopf war verstummt, stattdessen hörte sie ihren Ex reden. Sie kurbelte das Fenster runter.

»Probleme mit dem Wagen?«

»Nein, Probleme mit einem Touristen«, gab sie zurück.

»Einem Touristen? Was ist mit ihm?«

»Er ist tot, James.«

»Oh my god«, murmelte er betroffen. »Wie fühlst du dich?«

»Ganz okay dafür, dass ich eben meine erste Leiche gesehen habe.«

»Kaffee? Eine Schulter zum Anlehnen?«

Kaffee! Nur Kaffee!

»Kaffee reicht völlig«, sagte Sarah und zog eine Augenbraue hoch.

Das war knapp.

»Ach, halt die Klappe«, murmelte sie, da sie darauf achten musste, dass ihr Ex von ihren merkwürdigen Zwiegesprächen nichts mitbekam.

Sie betrachtete James von hinten, als er sie in das kleine Büro in der Werkstatt führte. Er sah immer noch gut aus, daran bestand kein Zweifel. Immer noch durchtrainiert, jede Bewegung so elegant und geschmeidig wie bei einer Raubkatze. Ein fast schon klischeehaft kantiges Gesicht mit markantem Kinn, ganz so, wie fast alle Helden in amerikanischen Liebesromanen beschrieben wurden. Das, was ihn von diesen Helden unterschied, war die Frisur, denn während die fiktiven Lover stets der Mode entsprechend frisiert waren, hatte James von Natur aus einen wüsten Lockenkopf in einem undefinierbaren Mittelblondbraungrau, der sein gutes Aussehen unterstrich. Leider hatte er schon immer die Angewohnheit gehabt, den Friseurbesuch so lange vor sich herzuschieben, bis es ihm so sehr auf die Nerven ging, dass ihm die Haare vor die Augen fielen. Dann erfolgte meistens der radikale Schritt hin zum Bürstenhaarschnitt, sodass man ihn für eine Weile für einen Soldaten halten konnte, vielleicht sogar einen Navy Seal, aber in Wahrheit war er nie beim Militär gewesen. Momentan befand sich seine Frisur in einer Zwischenphase, in der der Bürstenhaarschnitt schon wieder rausgewachsen war und im Ansatz die Locken erneut zum Vorschein kamen.

James war ein Kfz-Mechaniker aus Wisconsin, den es nach Deutschland verschlagen hatte, als er ein original New Yorker Taxi an einen reichen Kunden hatte liefern sollen. Allein und von aller Welt – vor allem aber von seinem Kunden – vergessen hatte er in Bremerhaven am Kai gestanden, im »Gepäck« einen Überseecontainer mit einem aufwendig restaurierten Taxi, das alle Voraussetzungen erfüllt hatte, um in Deutschland für den Straßenverkehr zugelassen zu werden, wenn auch eigentlich nicht als Taxi.

Der Zufall oder das Schicksal oder wer auch immer hatte dafür gesorgt, dass Sarah an diesem Tag sich genau in dieser Gegend verfahren hatte und schließlich auf die Idee gekommen war, ausgerechnet James nach dem Weg zu fragen, ohne zu ahnen, dass er von allen Leuten auf dem Hafengelände am wenigsten eine Ahnung hatte, wohin sie fahren musste, um an ihr Ziel zu gelangen. Aber sie kamen ins Gespräch, und während sie noch versuchte, ihren englischen Wortschatz zu aktivieren, der nicht gerade sehr umfangreich war, überraschte er sie mit einem ziemlich akzentfreien und grammatikalisch erstaunlich richtigen Deutsch. Wie sich dann herausstellte, stammte seine Mutter aus München. Sie hatte sich in einen US-Soldaten verliebt und war ihm in die Staaten gefolgt, als seine Zeit in Deutschland vorüber gewesen war. James und seine zwei Brüder waren alle zweisprachig aufgewachsen, und ihre Mutter hatte sie auch nach der Schule dazu angehalten, deutsche Bücher zu lesen und sich im Internet deutsche Filme anzusehen, um das Erlernte nicht wieder zu vergessen.

Da James den Container wieder zurückgeben musste, wenn er nicht weiter Miete dafür zahlen wollte, blieb ihm nichts anderes übrig, als das Taxi herauszuholen und darauf zu hoffen, dass der Käufer doch noch auftauchte. Immerhin hatte er sich darauf verlassen, dass er das Geld bekommen würde. Darum war er nur mit ein paar Dollar in der Tasche hergekommen, weil er den Rückflug vom Verkaufspreis locker hätte bezahlen können. Natürlich hätte er sich das Geld über Western Union schicken lassen können, aber er konnte ja nicht sein Taxi in Deutschland zurücklassen.

Selbst jetzt konnte Sarah nicht leugnen, dass der Funke damals zwischen ihnen sofort übergesprungen war. Sie bot ihm an, für eine Weile bei ihr in ihrer Studentenbude in Münster unterzukommen, bis er alles geregelt hatte. Noch bevor sich herausstellen konnte, dass der ursprüngliche Käufer des Taxis wegen Betrugs und Steuer-hinterziehung in Haft genommen worden war und James weiterhin ganz ohne Geld dasaß, hatten sie beide beschlossen zu heiraten. Er verkaufte seine florierende Kfz-Werkstatt mitsamt drei Filialen in Wisconsin für einen so guten Preis, dass sie sich in Palinghuus die alte Windmühle kaufen und nach ihren Vorstellungen umbauen konnten. Wie der Zufall es wollte, konnte James dort eine Autowerkstatt übernehmen, die der letzte Eigentümer aus Altersgründen schon fast aufgegeben hatte. Nachdem sich dann auch noch herausgestellt hatte, dass ein Ein-Frau-Taxiunternehmen in dieser Gegend durchaus Gewinne abwerfen konnte, machte Sarah den Taxischein. Nach einer Petition so gut wie aller Palinghuuser lenkte die Verwaltung schließlich ein und genehmigte ausnahmsweise das New Yorker Taxi für den Einsatz im Großraum Palinghuus.

Alles war bestens gelaufen, bis zu dem Tag an …

»Also?«

Sie schreckte hoch und sah, dass er ihr einen Becher Kaffee hinhielt. Himmel, in welche Richtungen waren denn bloß ihre Gedanken abgeschweift, dass sie nichts mehr um sich herum wahrgenommen hatte? »Also was?«

»Wie es aussieht? Mit dem Toten. Was hatte er? Wieso ist er tot?«

Sarah atmete tief ein und stieß die Luft hastig wieder aus. »Das ist nicht sicher«, sagte sie und berichtete, was sie bislang herausgefunden hatten. »Wie du siehst, ist das nicht viel.« Sofort fiel ihr auf, wie sie in James‹ Gegenwart den Hauch von Platt ablegte, der ihr eigentlich von Kindheit an im Blut lag. Aber weil er ein so gutes Deutsch sprach, fühlte sie sich aus einem unerfindlichen

Grund dazu angespornt, keine Buchstaben zu verschlucken und in ganzen Sätzen zu reden.

»Aber ihr habt gute Gründe, von einem Mord auszugehen«, meinte James.

»Findest du?«, fragte sie und verspürte mit einem Mal eine völlig widersinnige Hoffnung. Nur weil James ihre Meinung teilte, war das noch lange kein Grund, sich Chancen auszurechnen, dass sie den Fall würden lösen können. Wenn es überhaupt ein Fall war! Vielleicht gab es eine ganz banale Erklärung dafür, dass Koffer und Handy des Mannes verschwunden waren. Ihr wollte zwar beim besten Willen nichts einfallen, womit sich das erklären ließ, was sie auf Asmussens Fähre vorgefunden hatten. Aber das musste nichts bedeuten.

»Yeah. Aber das sollte die Polizei übernehmen«, fand James. »Wenn es Mord war, wisst ihr nicht, wer der Mörder ist. Also wisst ihr auch nicht, wozu er in der Lage ist. Das ist nicht bloß ein Whodunit, sondern mehr als das. Ist der Täter skrupellos? Geht er über noch mehr Leichen, um für die erste Tat nicht belangt zu werden? Ihr wisst auch nichts über das Opfer. Ist das Opfer vielleicht der wahre Täter? Hat ihn jemand getötet, weil er von ihm drangsaliert wurde? Hat er Verbindungen zur Russenmafia und wurde er ausgeschaltet, weil er auspacken wollte? Hat ein Ehemann den Lover seiner Frau aus dem Weg geräumt? Oder der Geliebte den Ehemann? Oder war es die Ehefrau? Oder der Gärtner?« James grinste sie breit an. »Es heißt doch, dass der Mörder immer der Gärtner ist, nicht wahr?«

»Verdammt, James. Seit wann bist du so vernünftig?«, knurrte Sarah und trank einen Schluck Kaffee, natürlich mit einem Stück Zucker und einem kleinen Schuss Milch, also ganz so, wie sie ihn am liebsten hatte, wenn ihr Ex ihn zubereitete.

»Hast du gedacht, ich hätte aus dem Ganzen nichts gelernt?«, fragte er und sah sie ernst an.

Zu ernst, wie sie fand. Das Kapitel war abgeschlossen, es gab nur noch ein Dutzend Kleinigkeiten zu erledigen, die bloß alles andere als Kleinigkeiten waren, sondern Stolpersteine und Hindernisse von der Größe von Felsbrocken, für die man professionelle Bergsteigerausrüstung benötigte, um sie überwinden zu können.

»Vielleicht irrst du dich ja auch«, sagte sie, ohne auf seine Frage einzugehen. »Vielleicht will ich da nur was sehen, was gar nicht da ist.« Sie fuhr sich durchs Haar und zog die Nase kraus. Alles Anzeichen dafür, dass die Nähe zu James sie nervös machte. »Ich werde abwarten, was diese inoffizielle Untersuchung des Leichnams ergibt. Dann sehe ich weiter.«

»Sei vorsichtig, ja?«, sagte er leise. »Und wenn du Hilfe brauchst, bin ich da.«

Sarah nickte und wich seinem Blick aus. »Ja, ich weiß. Danke, James.« Ihr Handy klingelte. »Taxi Tod und Teufel«, meldete sie sich. »Was kann ich für … ach, Frau Groot, Sie sind das … ja … nein … ich musste noch kurz in die Werkstatt … ja, da klapperte was, was nich klappern soll … genau … fünf Minuten, dann bin ich da. Tschüüs.« Sie legte auf und steckte das Telefon ein, dann trank sie den Kaffee aus. Den wirklich köstlichen Kaffee. »Ich muss los, James. Wir sehen uns heute Abend.«

»Spätestens«, sagte er und zwinkerte ihr zu. »Außer es klappert wieder was, was nicht klappern soll.«

Sie zog eine Augenbraue hoch, aber die Warnung kam nicht an, da er sich lachend einem Transporter widmete, der auf der ganz bis nach oben ausgefahrenen Hebebühne stand.

Kapitel 4

Der Freitagabend war für Sarah so hektisch verlaufen wie üblich. Als würden die Leute nur darauf warten, dass sämtliche Arztpraxen schlossen und in den Krankenhäusern der Region nur noch die Mindestbesetzung anwesend war, war es so wie meistens gegen sechs Uhr am Abend losgegangen, dass jemand ins Krankenhaus gefahren werden wollte, weil ihn irgendetwas plagte.

Der erste Krankenhauspatient war am gestrigen Abend ein Heimwerker gewesen, der mit der Nagelpistole aus irgendwelchen Gründen nicht die Wand, sondern seinen Fuß anvisiert hatte. Dann war da noch die Mutter gewesen, der das Fieber gar nicht gefiel, unter dem ihre Tochter litt, außerdem war auch Pieter Swartmann wieder unter ihren Kunden, der sich mindestens alle zwei Wochen am Freitag bei ihr meldete und dringend ins Krankenhaus musste, obwohl erwiesen war, dass ihn keines der behaupteten Leiden heimgesucht hatte. Auch wenn Sarah davon wusste und von den Ärzten im Krankenhaus dazu angehalten worden war,

Swartmann beim nächsten »Notruf« warten zu lassen, bis er sich von selbst wieder besser fühlte, würde sie den Teufel tun, ein solches Risiko einzugehen. Schließlich wollte sie sich keine unterlassene Hilfeleistung vorwerfen lassen, sollte dem Mann ausgerechnet dann tatsächlich etwas fehlen.

So wie jeden Samstag hatte James zum Frühstück Pancakes nach original amerikanischem Rezept gebacken und mit einem Stich Butter und einer großzügigen Portion Ahornsirup serviert. Obwohl Sarah meistens darum bemüht war, sich gesünder zu ernähren als noch vor ein paar Jahren, konnte sie zu dieser süßen Versuchung nicht Nein sagen. Dafür verzichtete sie auch auf ihre morgendliche Joggingrunde, die sie aber ohnehin längst nicht so akribisch nachhielt, wie sie es hätte tun sollen. Vielleicht, wenn sie jemanden gehabt hätte, der mit ihr gejoggt wäre … James hatte das kategorisch abgelehnt, egal wie oft sie einen Anlauf unternommen hatte. Seit ein paar Jahren argumentierte er damit, dass der Erfinder des Joggings beim Jogging gestorben sei und er keine Lust habe, dem Mann nachzueifern.

Allerdings konnte James auch ohne Probleme aufs Joggen verzichten, da er den ganzen Tag über körperlich anstrengende Arbeiten erledigen musste, während sie die meiste Zeit des Tages im Taxi sitzend verbrachte. Es war wie so oft im Leben einfach nur ungerecht verteilt. Aber dann hatte James ihr den Teller mit den Pancakes hingestellt, und prompt waren alle Gedanken an Strapazen und ans Jogging vergessen gewesen.

Später am Morgen saß sie am Esstisch in ihrer im Landhausstil eingerichteten Küche und rechnete die Einnahmen zusammen, als es an der Haustür klingelte. Sie sah zur Wanduhr. Halb elf. Das konnte der Postbote sein, ansonsten erwartete sie niemanden. Selim war zwar gebürtiger Iraner, aber er lebte seit seiner Kindheit hier oben im Norden und beherrschte das ostfriesische Platt fast besser als die Nachbarn, die seit Generationen hinterm Deich zu Hause waren. Als wäre das nicht schon originell genug, hatte er vor Jahren auch noch eine Dorftheatergemeinschaft ins Leben gerufen, deren Aufgabe es war, den Dialekt zu pflegen, damit er nicht in Vergessenheit geriet.

Sarah ging zur Tür und sah durch die dünne Gardine vor den in Rautenmuster angeordneten kleinen Glasscheiben, dass es nicht Selim war, sondern eine Frau mit langen, blonden Haaren. Als sie die Tür öffnete, sah sie gerade noch ein Taxi wegfahren. Dann stellte sie fest, dass die Frau, die ungefähr im gleichen Alter zu sein schien wie sie, mit zwei Rollkoffern und einer über die Schulter geschlungenen Reisetasche vor ihr stand. Gekleidet war sie in einen eleganten, langen Wollmantel in Hellbeige, dazu helle Wildlederstiefel mit hohen Absätzen.

«Ja, bitte?«, fragte sie zögerlich, noch während sie das Gefühl bekam, ihre Besucherin von irgendwoher zu kennen.

»Sag nicht, du erkennst mich nicht!«, rief die Frau und grinste sie breit an. »Fräulein Luzifer?«

Fräulein Luzifer war ihr Spitzname in der Schule gewesen, eine fast unvermeidbare Ableitung aus dem Nachnamen Teufel, den sie zu jener Zeit liebend gern hätte ändern lassen. Fräulein Luzifer war der ganz besondere Favorit ihrer Religionslehrerin gewesen, was Sarah dazu veranlasst hatte, sich vom Religionsunterricht abzumelden, sobald sie alt genug gewesen war, um das selbst entscheiden zu dürfen.

»Hilf mir auf die Sprünge«, sagte sie kopfschüttelnd. »Ich erkenne ja nich mal die Leute wieder, die mir auf

Facebook eine Freundschaftsanfrage schicken, weil wir uns aus der Schulzeit kennen. Und da krieg ich zum Gesicht sogar direkt den Namen geliefert.«

»Och, Sarah, komm. Du musst dich nur ein bisschen anstrengen«, forderte die andere Frau sie auf.

»Rück du lieber mit der Sprache raus. Wenn du mich tatsächlich von früher kennst, müsstest du dich auch daran erinnern können, dass ich die Schule so schnell wie möglich hinter mich bringen wollte. Das is alles graue Vorzeit für mich.«

Die andere Frau begann zu grübeln. »Ja, du hast recht. Du hast dich verdrückt, bevor der Fotograf von uns allen das Gruppenfoto machen konnte. Du warst nicht auf der Abifeier, du bist noch zu keinem Klassentreffen erschienen.« Die blonde Frau seufzte enttäuscht. »Dabei waren wir eigentlich doch gute Freundinnen.«

»Ich wollte die Zeit definitiv hinter mir zurücklassen. Die einzige gute Freundin, die ich vermisst habe, war Brit…« Sarah brach mitten im Satz ab und riss die Augen auf. »Britta Kerstenbach! Du? Du bist Britta?« Sie betrachtete ihre alte Schulfreundin von oben bis unten. »Ich hätt dich ja meinen Lebtag nicht erkannt! Ich werd nich mehr!«

»Siehst du? Es geht doch!«, sagte Britta und fiel ihr um den Hals. »Wir haben uns ja schon ewig nicht mehr gesehen!«

Sarah erwiderte die Umarmung, während allmählich Erinnerungen an jene Zeit an die Oberfläche kamen. »Fast zwanzig Jahre, richtig?«, fragte sie, als Britta sich wieder von ihr gelöst hatte.

»Ja, ziemlich genau«, sagte die und sah Sarah forschend an. »Sieht man uns das an?«

»Auf gar keinen Fall«, antwortete Sarah lächelnd. »Und selbst wenn, würde ich das abstreiten.« Sie machte einen Schritt zur Seite. »Jetzt komm erst mal rein und erzähl, was dich zu mir führt.«

Britta winkte ab und zog die beiden Koffer nach drinnen. »Ich bin sozusagen auf Rundreise«, erklärte sie. »Das ist so ein spirituelles Ding, weißt du? Da nimmt man ein paar Wochen Auszeit und besucht so viele Menschen wie möglich, mit denen man in der Vergangenheit zu tun hatte und die einem auch wichtig waren. Das frischt die Seele auf, heißt es.«

»Und?«

Britta sah sie verdutzt an. »Und was?«

»Klappt's? Das mit dem Seele auffrischen, mein ich.«

»Oh!« Ihre Freundin lachte auf. »So schnell geht das nicht. Da muss man erst die Reise absolviert haben.«

»Aha«, machte Sarah ausweichend. Sie wollte ihrer Freundin nicht ins Gesicht sagen, dass sie von spirituellen Reisen gleich welcher Art gar nichts hielt, also schwieg sie lieber. »Und wen hast du alles besucht? Jemanden, den ich noch von früher kenne?«

»Also, genau genommen bist du die erste Station meiner Reise.«

»Wie komm ich zu der Ehre?«

»Ganz einfach deshalb, weil die Reise von Norden nach Süden verlaufen soll, und du bist von allen früheren Freundinnen und Bekannten die, die am nördlichsten wohnt.« Britta zuckte mit den Schultern. »Das Schicksal wollte es so, dass ich dich als Erste besuche.«

Sarah nickte. »Ist das so eine Art Pauschalreise? Werden da die Unterkünfte und Fahrkarten und so weiter alle schon für dich gebucht?«

»Unterkünfte?«

»Du musst doch irgendwo schlafen«, erklärte Sarah, hatte aber im gleichen Moment, in dem sie diese Worte aussprach, eine Ahnung, wie Brittas Antwort ausfallen würde.

»Also … weißt du … das … ähm … das gehört zum Auffrischen der Seele dazu, dass ich mich während meines Besuchs immer in der Nähe der betreffenden Person aufhalten soll«, stammelte sie ein wenig verlegen. »Es wäre schön und für meine Reise hilfreich, wenn ich mich für ein paar Tage hier einquartieren könnte. Wenn dir das nicht zu viel Umstände bereitet.«

»Umstände bereitet es keine, wir haben oben ein Gästezimmer«, sagte Sarah. »Ich muss nur halt noch das Bett beziehen und …«

»Nein, nein, nein«, ging Britta hastig dazwischen. »Darum kümmere ich mich. Meine Aufgabe ist es, mich so nützlich wie möglich zu machen.«

Sarah zuckte flüchtig mit den Schultern. »Na, dann is ja gut.« Als sie den skeptischen Blick ihrer Freundin sah, fragte sie: »Stimmt was nich?«

»Nein, nein, ist schon in Ordnung, ich … ähm … ich hatte mich auf ein längeres Hin und Her eingestellt, weil die meisten Leute doch darauf beharren, etwas machen zu wollen, und man erst auf sie einreden muss.«

Sarah lachte kurz auf. »Wenn dir das lieber is, kann ich mich noch 'ne Weile zieren. Aber am Ende lass ich dich das dann ja doch machen.«

»Ach, dann lieber die kurze Version.«

»Gut. Magst du was essen?«

Britta sah etwas verlegen drein. »Ehrlich gesagt bin ich ausgehungert. Am Bahnhof wollte ich eigentlich ein belegtes Brötchen essen, aber der Bäcker hatte zu, weil wohl der Ofen einen Totalschaden hat. Ich hatte schon befürchtet, dass du rauskommst und nachsiehst, was für ein Lärm da draußen herrscht, weil mein Magen so geknurrt hat.«

»Komm, wir setzen uns in die Küche.« Sie ging vor Britta durch den Flur, der als Konstruktion aus massiver Erle die unterste Ebene der Windmühle in zwei Bereiche teilte, von denen der eine als großzügig bemessenes Wohnzimmer diente, während die andere Seite je zur Hälfte von der Küche mit Essecke und vom Badezimmer beansprucht wurde.

Zwei Drittel der Außenwand des Wohnzimmers waren durch eine vom Boden bis zur Decke reichende Fensterfront ersetzt worden, die man fast auf ganzer Breite zur Seite schieben konnte. Dadurch verlor sich die Grenze zwischen Haus und Garten so sehr, dass man im Sommer selbst dann das Gefühl hatte, bereits unter freiem Himmel zu sitzen, wenn man sich noch drinnen aufhielt. Das Wohnzimmer selbst war in hellem Holz gehalten, was es einladender und noch etwas größer erscheinen ließ. In den Regalen drängten sich Bücher dicht an dicht, da sowohl James als auch sie selbst das waren, was man gern als Leseratten bezeichnete, auch wenn es immer wieder an der Zeit fehlte, die nötig gewesen wäre, um die Stapel Bücher in Angriff zu nehmen, die vor dem Regal in der linken Zimmerecke aufgetürmt waren. Zwischen den Regalen hatte der Fernseher seinen Platz bekommen, gleich daneben stand die fast schon altmodisch anmutende Stereoanlage in Form eines aus einzelnen Elementen zusammengestellten Turms.

Eine breite Couch mit einem farbenfrohen Bezug stand so vor dem Fernseher, dass man ihn genau im Blick hatte.

Das leicht rötlich schimmernde Holz, mit dem Decke und Wände der Diele verkleidet waren, hatte es Sarah von Anfang an angetan, weil es eine gewisse Wärme ausstrahlte und dabei nicht so erdrückend dunkel oder so blass und kühl wirkte wie viele andere Sorten. Mattglas verhinderte bei den im Flur angebrachten Lampen, dass man vom grellen Licht der LED-Birnen geblendet wurde. Zu beiden Seiten hingen zahlreiche gerahmte Fotos, die sie und James in glücklicheren Zeiten zeigten. Weder er noch sie hatte es bislang übers Herz gebracht, diese Bilder abzunehmen und durch neutrale Motive zu ersetzen.

Vermutlich hätte sich jeder Psychologe darauf gestürzt, um diese Tatsache als Beweis dafür zu deuten, dass sie und James …

»Wie hast du mich eigentlich gefunden?«, fragte sie hastig, um den Gedanken nicht zu Ende denken zu müssen.

»In Zeiten des Internets ist das doch kein Problem, meine liebe Sarah«, gab Britta belustigt zurück, als würde sie mit ihrer Großmutter reden, die keine Ahnung hatte, was das Internet sein sollte.

»Warum frag ich überhaupt?«, erwiderte Sarah und warf einen amüsierten Blick über die Schulter nach hinten.

»Als ich eure Fotos gesehen habe, da war ich völlig hin und weg. In einer Mühle zu wohnen, das ist … total abgefahren!«

Sarah nickte. »So kann man das auch bezeichnen«, sagte sie lächelnd. Tatsächlich war die ganze Angelegenheit aber viel »abgefahrener«, als Britta es sich ausmalen konnte. »Lass die Koffer ruhig im Flur stehen.«

Während Britta die Küche bewunderte, setzte Sarah Kaffee auf. »Croissant mit Schinken und Käse?«

Ihre Freundin bejahte und sah dabei tatsächlich sehr hungrig aus, was Sarah dazu veranlasste, das Croissant mit Remoulade zu bestreichen, ein paar Salatblätter unter den Belag zu legen und ihn mit Gurken- und Tomatenscheiben zu dekorieren. Sie brachte das fertige Croissant auf einem Teller zu Britta, die am anderen Ende der Bank Platz genommen hatte. Den Mantel hatte sie ausgezogen und über den Stuhl am Kopfende des Tischs gelegt. Darunter trug sie einen dunkleren, aber ebenso flauschigen und allein schon beim Anblick wärmenden Wollpullover.

»Ich will deine gesammelten Belege nicht durcheinanderbringen«, erklärte sie ihren entlegenen Sitzplatz.

»Dann hättest du sie auch wieder in Ordnung bringen dürfen«, gab Sarah amüsiert zurück. »Aber ich glaub, bei meinem System müsstest du dafür länger bleiben, als du dir vorgenommen hast.«

»Wer weiß? Vielleicht bin ich ja schneller als gedacht …«, meinte Britta und biss von ihrem Croissant ab.

Nachdem sie gut die Hälfte aufgegessen hatte, sagte Sarah zu ihr: »Ich erinnere mich an die Einladung zur Hochzeit, die bei meinen Eltern gelandet war …«

»Ich wusste ja keine andere Adresse«, erklärte Britta ein wenig betrübt. »Ich wäre damals gerne in Verbindung mit dir geblieben.«

»Es war nichts Persönliches, Britta«, betonte Sarah und legte demonstrativ ihre Hand auf Brittas. »Ich wollte einfach ein neues Kapitel anfangen, als ich die Schule hinter mir hatte.«

Britta nickte verstehend. »Ich hatte mir so was auch schon gedacht. Ich konnte natürlich nur vermuten, was los war, aber wir hatten uns ja nicht gestritten und es gab auch keine Missverständnisse. Du warst einfach verschwunden und hast nichts mehr von dir hören lassen.«

»Erzähl mir lieber mal, wie es dazu kommen konnte, dass auf deiner Einladung zur Hochzeit *Monte Carlo* stand«, wechselte Sarah das Thema. »Hattest du einen Millionär kennengelernt?«

»Oh, Monte Carlo im Mai«, seufzte sie verzückt. »Ich habe mir nie etwas Romantischeres vorstellen können. Und dazu Henri ... hmm ... das war eine Zeit.«

Sarah sah sie abwartend an.

»Mit ein paar Freundinnen vom Ballettkurs war ich nach dem Abi für zwei Wochen in Paris, und da lernte ich Henri kennen. Er war schon da erfolgreicher Geschäftsmann ...«

»Also ein paar Jahre älter als du ...«, warf Sarah ein.

»Nur ein paar.«

Mindestens zehn, spottete die Stimme in Sarahs Kopf.

»Ein echter Gentleman, der wusste, wie man eine Dame behandelte«, redete Britta weiter.

Dann mindestens zwanzig Jahre. Bestimmt Midlife-Crisis.

Sarah nickte daraufhin, was Britta so auffasste, als würde sie ihr zustimmen.

»Wir verbrachten die ganzen zwei Wochen zusammen«, erzählte sie. »Danach ging es zurück nach Hause, weil mein Studienplatz auf mich wartete. An jedem Freitagnachmittag holte mich eine Limousine mit Chauffeur vor der Uni ab, und wenn ich einstieg, dann saß Henri bereits auf der Rückbank, und dann fuhren wir, wohin du dir nur vorstellen kannst. Italien, die Schweiz, Südfrankreich. Es war ein Traum, aber einer, der Wirklichkeit geworden war. Ein halbes Jahr lang ging das so, dann habe ich das Studium hingeschmissen, weil ich mich sowieso nicht mehr darauf konzentrieren konnte. Ich bin mit ihm nach Frankreich gegangen, und von da ist er mit mir um die ganze Welt geflogen. Du glaubst nicht, wohin ein guter Anlageberater überall eingeladen wird, damit er den Superreichen Tipps gibt, wie und wo sie ihr Geld anlegen sollen, um noch reicher zu werden.«

»Da dürften ganz nette Provisionen bei rausgesprungen sein«, merkte Sarah unbeeindruckt an. Sie hielt nicht viel von diesem Berufszweig, trugen doch viele von diesen Beratern nur dazu bei, dass die Reichen noch weniger Steuern zahlen mussten, indem sie ihr Geld auf irgendwelche obskuren Konten in noch obskureren Zwergstaaten deponierten.

»Darum kann er sich das ja auch alles leisten«, sagte Britta verträumt. »Die Häuser, die Autos …«

»Klingt so, als hättest du ausgesorgt«, meinte Sarah und versuchte, den Anflug von Neid zu unterdrücken. So verlockend das viele Geld auch war, hätte sie unter normalen Umständen keinen Grund gehabt, auf Brittas finanzielle Situation neidisch zu sein. Allerdings hätte sie im Moment eine Finanzspritze gut gebrauchen können, denn dann …

Ein Klingeln an der Haustür riss sie aus ihren Gedanken. Sie stutzte. Wer wollte denn jetzt schon wieder was von ihr? »Warte kurz, ich bin gleich wieder da«, sagte sie zu Britta, die sich dem Rest ihres Croissants widmete.

»Keine Eile, Sarah, ich laufe nicht weg«, rief sie ihr hinterher.

Durch die Scheiben in der Tür konnte sie den Bestatter Kutzelnigg schon erkennen, als er noch zwei Meter entfernt war. Dieser rote Haarschopf war einfach zu markant.

»Herr Kutzelnigg«, begrüßte sie ihn, nachdem sie ihm geöffnet hatte. »Ich hatte Sie nich bestellt.«

Der Bestatter lächelte verhalten, was Sarah zu einem etwas betretenen »Tut mir leid« veranlasste. Wahrscheinlich gab es keinen Kalauer mehr, den der Mann noch nicht gehört hatte.

»Mein Vetter ist jetzt da«, sagte Kutzelnigg. »Ich nehme an, Sie möchten anwesend sein, wenn er den Toten begutachtet.«

»Ja, das is sehr … aufmerksam von Ihnen«, erwiderte sie. Nein, »nett« wäre das falsche Wort gewesen. Nichts war nett daran, sich einen Leichnam genauer anzusehen, fand sie. »Ich ziehe mich nur schnell um, dann bin ich sofort bei Ihnen. Wollen Sie reinkommen und in der Küche warten?«

Kutzelnigg winkte ab. »Ich warte im Wagen.«

Sie folgte der Richtung, in die er mit dem Daumen zeigte, und entdeckte den monströs großen Leichenwagen. »Ich dachte mir, ich hole Sie ab. Jeder möchte ja mal in meinem Prunkstück mitfahren.«

»Früher oder später macht das hier im Dorf ohnehin jeder«, konterte Sarah und zog eine Augenbraue hoch, um ihre Worte zu unterstreichen. »Ob er will oder nich.«

Als der Bestatter diesmal lachte, war es ein von Herzen kommendes Lachen. »Da haben Sie recht, Frau Teufel. Da haben Sie so recht.«

»Ein paar Minuten«, sagte sie und machte die Tür wieder zu, damit die kalte Luft nicht allzu lange in die geheizte Mühle strömte. Sie ging zur Küche zurück. »Britta, ich muss für eine halbe Stunde weg. Kann ich dich hier allein zurücklassen?« Die Frage war ihr rausgerutscht, ehe ihr die Konsequenzen bewusst geworden waren. Sie musste sie jetzt sogar allein lassen, denn jedes Zurückrudern hätte nach Misstrauen ausgesehen, und das wollte sie nun auch wieder nicht. Andererseits gefiel ihr der Gedanke nicht, dass Britta sich in der Zwischenzeit in aller Ruhe umsehen konnte. Aber die wirklich wichtigen Unterlagen, die keinen Außenstehenden etwas angingen, befanden sich ohnehin im Arbeitszimmer, und das konnte sie auf dem Weg zum Schlafzimmer abschließen und den Schlüssel mitnehmen.

»Kein Problem. Du kannst mir ja schon mal das Gästezimmer zeigen. Und auch, wo ich duschen kann.«

»Eine Tür weiter ist das Badezimmer. Das Bad für die Gäste ist …«, sie stockte kurz, »… noch auf der Liste der Dinge, die wir in Angriff nehmen müssen.« *Aber niemals werden,* fügte sie in Gedanken hinzu.

Dann lief sie die hölzerne Wendeltreppe hoch, um sich umzuziehen.

Kapitel 5

Gegen Mittag kam James nach Hause, nachdem er letzte Hand an den Transporter des Schlemmerkörbchens gelegt hatte. Er hatte versprochen, den Wagen bis Montagmorgen wieder ans Laufen zu bringen, damit Antje zum Großmarkt fahren konnte. Er stellte seinen Abschleppwagen neben Sarahs Taxi ab, damit er nicht im Weg stand, wenn der nächste Fahrgast wartete. Aus dem Briefkasten, der ein paar Meter von der Windmühle entfernt und damit näher am Gartenzaun stand, damit der Briefträger ihn schneller erreichen konnte, holte er einen Stapel Prospekte und Briefe, die sich alle als Werbesendungen entpuppten. Nach einem flüchtigen Blick auf den Inhalt landeten sie in der Altpapiertonne, die zusammen mit den anderen Tonnen in einem Verschlag untergebracht war, um nicht den Anblick der Windmühle zu verschandeln.

Er schloss auf, trat ein und drückte die Tür hinter sich zu. »Ich bin zu Hause«, rief er, bekam aber keine Antwort. Er hängte die dicke Jacke an die Garderobe und deponierte seine Schuhe darunter. Nach zwei Schritten in Richtung Wohnzimmer hörte er im Badezimmer das Wasser rauschen. Er klopfte an und öffnete die Tür einen Spalt, als keine Antwort kam. Sarah bewegte sich hinter der matten Glasscheibe der Duschkabine, das Wasser lief. Kein Wunder, dass sie ihn nicht gehört hatte.

James schloss die Badezimmertür wieder und ging die Wendeltreppe hinauf ins Schlafzimmer im ersten Stock, das vom Arbeitszimmer abgesehen fast die komplette Etage in Anspruch nahm. Die fiel wegen der sich nach oben verjüngenden Form der Windmühle deutlich kleiner aus als das Erdgeschoss. Entsprechend war das Gästezimmer in der Etage darüber noch viel kleiner.

Er tauschte Jeans und Pullover gegen den Jogginganzug ein, der im Winter in der Mühle mehr als genug war. Beim Umbau war alles so gut isoliert worden, dass es keine Zugluft mehr gab und die Wärme nicht durch irgendwelche Ritzen entweichen konnte. So sinnvoll dieser Umbau auch gewesen sein mochte, bestand immer noch die Gefahr, dass nicht nur das dafür ausgegebene Geld zum Fenster rausgeworfen war, sondern dass noch viel höhere Ausgaben drohten. Er verdrängte den Gedanken, weil er sonst unweigerlich bei Sarah und bei den Gründen für die Scheidung gelandet wäre.

Nachdem er sich umgezogen hatte, ging er nach unten, um sich einen Kaffee aufzusetzen. In der Küche fiel sein Blick auf die Belege, die Sarah auf einer Hälfte des Esstischs ausgebreitet hatte. Er beschloss, ihr einen Gefallen zu tun und ihr den aktuellen Ordner auf den Tisch zu legen. Schaden konnten solche kleinen Gesten nicht, aber ob sie dazu beitrugen, das zu kitten, was zwischen ihnen zu Bruch gegangen war, das war ein ganz anderes Thema, über das er jetzt nicht nachdenken wollte.

Während die Kaffeemaschine glucksend zu arbeiten

begann, lief James nach oben zum Arbeitszimmer, kam aber nicht weiter als bis zur Tür, gegen die er fast noch geprallt wäre, weil sie entgegen jeder Gewohnheit abgeschlossen war.

»Hm?«, machte er und drückte noch einmal die Klinke runter, aber auch jetzt tat sich nichts. »Warum ist denn zu?«, murmelte er. »Und wo ist der verdammte Schlüssel?« Kopfschüttelnd kehrte er nach unten zurück und ging zum Bad. Wenn Sarah abgeschlossen hatte, würde sie auch wissen, wo der Schlüssel lag.

»Sarah?«, rief er, aber sie stand nach wie vor unter der Dusche und hörte nichts. Er durchquerte das Badezimmer, rief noch einmal ihren Namen und klopfte gegen die Scheibe, doch sie schien ihn wieder nicht zu hören. Oder ignorierte sie ihn etwa? Irritiert zog er die Tür auf.

In der gleichen Sekunde drehte sich Sarah zu ihm um – nur dass sie nicht Sarah war, sondern eine wildfremde Frau mit dunkelblauer Duschhaube. Sie trug Ohrstöpsel, die mit einem auf der Ablage befindlichen Smartphone verbunden waren.

Die Verwunderung über eine ihm unbekannte Frau in seiner Dusche war so groß, dass er sekundenlang nicht wusste, was er nun tun oder sagen sollte. Diese Sekunden reichten der Frau, ihn zu bemerken und einen gellenden Schrei auszustoßen.

Das Letzte, was James noch wahrnahm, war der Duschkopf, der mit solcher Wucht auf seinen Kopf gedonnert wurde, dass ihm schwarz vor Augen wurde …

Als sie am Beerdigungsinstitut ankamen, stand ein dunkelhaariger Mann mit Brille am Eingang und rauchte eine Zigarette. Er schien Anfang dreißig zu sein und war leger, wenn auch für Sarahs Empfinden etwas zu dünn angezogen. Bei den herrschenden Temperaturen bekam sie schon das Frösteln, wenn sie nur sehen musste, wie er mit hochgekrempelten Ärmeln dastand.

»Hallo, Karl, das ist Sarah Teufel«, stellte Kutzelnigg sie vor. »Frau Teufel, das ist mein Neffe Karl Eisner.«

»Frau Teufel.«

»Herr Eisner.« Sie nickte und schüttelte ihm die Hand.

»Hast du schon angefangen?«, wollte der Bestatter wissen.

»Ich bin schon fertig, lieber Onkel, sonst würde ich mir keine Zigarettenpause gönnen«, antwortete Eisner und hielt Sarah die Tür auf, damit sie eintreten konnte.

Nachdem sie das Institut betreten hatten, ging Kutzelnigg an ihnen vorbei und führte sie in den Kühlraum. Er öffnete eines der Fächer und zog den Toten heraus, dann schlug er das Laken ein Stück weit um, sodass Kopf und Oberkörper frei waren. Sarah erkannte sofort den Mann von der Fähre wieder.

»Sie sind von der Polizei?«, fragte Eisner.

»Nein, Taxifahrerin«, antwortete Sarah wahrheitsgemäß. Sie vermutete, dass der Neffe sie das nur fragte, um festzustellen, ob sie ihm eine andere Geschichte auftischte als sein Onkel. Was Kutzelnigg als Grund angegeben hatte, dass Eisner sich einen Toten ansehen sollte, der offiziell einem Herzinfarkt erlegen war, wusste sie nicht. Da der Bestatter ihr auf dem Weg hierher auch keine Instruktionen gegeben hatte, was sie seinem Neffen gegenüber nicht ansprechen sollte, gab es für sie keine Veranlassung, irgendetwas anderes zu tun, als bei den Fakten zu bleiben. »Es is halt zum Teil meine Schuld, dass der Totenschein falsch ausgestellt wurde.«

Eisner reagierte mit einem verwunderten Blick. »Sie sind aber doch keine Ärztin.«

»Der Arzt hat als Diagnose das hingeschrieben, was ich vor mich hin gesagt hatte.«

»Weiß er nicht, dass Sie keine Ärztin sind?«

Sie hob die Schultern an. »Ehrlich gesagt, ich hab keine Ahnung, was er weiß oder nich weiß. Ich hab nur gesagt, dass der Mann einen Herzinfarkt bekommen *haben könnte*, und das hat er dann notiert.«

»Hm«, machte Eisner ein wenig skeptisch. »Aber haben Sie ihn nicht auf den Irrtum hingewiesen?«

»Vermutlich sind Sie zu jung dafür, Herr Eisner«, begann sie, »aber kennen Sie diese Zeichentrickfigur, die immer kurzsichtig und schwerhörig durch die Gegend gelaufen is? Immer von einem Unglück ins nächste und dann doch noch knapp dran vorbei?«

»Mr. Magoo?«

»Wow«, sagte Sarah. »Hätt ich nich erwartet, dass Sie den kennen.«

»Man tut, was man kann. Alte Fernsehserien sind mein Hobby.«

Kutzelnigg räusperte sich auffällig.

»Dr. Husen is ein lebendiger Mr. Magoo. Er hört, was er will. Er liest, was er will. Tatsächlich hört er genauso schlecht, wie er sieht, und er strickt sich irgendwas aus den Wortfetzen zusammen, die er mitkriegt. Und so was kommt dann dabei raus.« Sie deutete auf den Toten.

Eisner nickte verstehend. »Und Sie haben Grund zu der Annahme, dass es nicht der irrtümlich notierte Herzinfarkt sein könnte.«

»Genau. Sein Gepäck is weg. Das Handy auch. Irgendwas stimmt da nich.«

»Würde ich auch so sehen. Ich kann natürlich keine präzisen Angaben machen, was dem Opfer tatsächlich passiert ist. Aber der Leichnam zeigt alle typischen Anzeichen für einen Tod durch Ersticken auf. Ob dieser

Mann zudem noch einen Herzinfarkt erlitten hat, kann ich nicht widerlegen, aber auch nicht bestätigen. Tatsache ist, dass der Mann erstickt ist.«

Sarah wunderte sich. »Man erstickt doch nich einfach so, oder?«

Eisner schüttelte den Kopf. »Dafür muss es schon einen Grund geben, das ist richtig, Frau Teufel. Ich werde ja nicht müde zu betonen, dass ich keine Untersuchungen vornehmen kann, ohne Gefahr zu laufen, dass ich mir damit Ärger einhandele und dass ein Richter den Mörder laufen lassen muss, weil die Beweise nicht auf rechtmäßige Weise zusammengetragen wurden. Ich kann also auch keine Blutuntersuchung durchführen, um meinen Verdacht zu bestätigen, aber ...« Er drehte den Toten ein Stück weit auf die Seite und zeigte auf eine Stelle am Rücken, an der sich etwas Blut gesammelt hatte, das dort getrocknet war. Im kalten bläulichen Schein der Neonröhren wirkte das Blut fast schwarz. »... das dort ist ein tiefer Einstich, die Folge einer langen und breiten Nadel.«

«Jemand hat ihm Gift gespritzt?«

»Das ist mein Eindruck«, bekräftigte der Gerichtsmediziner. »Angesichts der Umstände muss ihm ein schnell wirkendes Gift in hoher Konzentration verabreicht worden sein, zum Beispiel Curare.«

»Aber wenn ihm jemand dieses Mittel gespritzt hat ...« Sarah unterbrach sich, »dann muss derjenige doch an Bord der Fähre gewesen sein. Wie soll das funktioniert haben? Und warum ist Hoffmann nich sofort aufgesprungen und zu Asmussen gelaufen?«

»Nehmen wir an, es handelte sich um Curare«, erwiderte Eisner. »Lassen Sie mich von einem Experiment berichten, das 1946 von einem Forscher namens Frederick Prescott unternommen wurde. Er verabreichte sich im

Eigenversuch eine hohe Dosis einer speziellen Curare-Art, und bereits nach zwei Minuten konnte er nicht mehr reden und nicht schlucken, er konnte die Augen nicht mehr aufmachen. Eine Minute später konnte er nur noch flach und hastig atmen, und noch eine Minute später konnte er nur noch mit äußerster Mühe Luft schnappen. Erst da wurde seinen Kollegen klar, dass das Gift wirkte, und sie fingen sofort mit den Wiederbelebungsmaßnahmen an.«

»Zwei Minuten sollten aber genügen, um zum Fährmann zu gelangen und ihm Bescheid zu sagen«, hielt sie dagegen.

Eisner hob mahnend den Zeigefinger. »Täuschen Sie sich da mal nicht, Frau Teufel. Sie müssen sich vorstellen, dass Sie mit dieser Fähre unterwegs sind. Sie ahnen nicht, dass jemand Sie umbringen will, also halten Sie nach niemandem Ausschau. Plötzlich spüren Sie einen Stich im Rücken. Sie zucken zusammen und fragen sich erst mal, was das gewesen sein soll. Während Sie Ihren Rücken abtasten, beginnt das Gift bereits zu wirken und lässt alle Muskeln erschlaffen. Das Herz schlägt ungerührt weiter, es hält Ihren Körper am Leben, währenddessen die Lähmung immer weiter um sich greift. Ehe Sie überhaupt verstehen, was mit Ihnen geschieht, können Sie sich schon nicht mehr bewegen, und dann verweigern Ihnen auch noch die Lungen den Dienst. Sie ersticken bei vollem Bewusstsein. Eine relativ schnelle, aber auch ziemlich brutale Methode, um jemanden umzubringen.«

»Curare …«, wiederholte sie nachdenklich. »Dafür nimmt man doch ein Blasrohr, oder? Dafür hätte jemand am Kai stehen müssen und …«

Der Gerichtsmediziner schüttelte den Kopf. »Kein Blasrohr. Der Pfeil ist aus kurzer Distanz mit einer

Druckluftpistole abgefeuert worden. Er musste die dicke Jacke und den Pullover durchdringen, und das hat er mühelos geschafft.«

»Und wo ist er jetzt?«

»Wer?«

»Der Pfeil.«

»Der wurde wieder rausgezogen«, sagte Eisner.

»Von ihm?«

»Unwahrscheinlich. Bis ihm klar war, dass ihm jemand einen Pfeil in den Rücken gejagt hat, dürfte er schon nicht mehr in der Lage gewesen sein, die Arme auf den Rücken zu nehmen.« Der Gerichtsmediziner legte den Mann wieder zurück auf die Metallbahre.

»Sie meinen, der Mörder hat den Pfeil wieder an sich genommen?«

»Von allein wäre er jedenfalls nicht rausgerutscht«, betonte Eisner.

»Wo hab ich denn …«, setzte sie zum Reden an, brach die Frage aber gleich wieder ab. »Die liegt bei mir zu Hause. Schade, aber vielleicht können Sie ja was dazu sagen: An seiner Jacke, ziemlich genau an der Stelle, an der sich der Pfeil befunden haben müsste, hing eine rote Feder am Stoff. Vorsichtshalber hab ich sie an mich genommen. An Betäubungspfeilen sind doch solche Federn festgemacht.«

»Ja, das kenne ich auch«, bestätigte der Gerichtsmediziner. »Allerdings kann ich Ihnen nicht sagen, wofür die gut sein sollen.« Er zuckte beiläufig mit den Schultern. »Um ein Haar wäre er ja sogar damit durchgekommen, weil Ihr Doktor die Todesursache bestimmt hat, wenn man das so sagen will.«

»Wohl eher nich«, murmelte sie. »Sonst noch was Auffälliges?«

»Nichts, was ich durch eine äußerliche Begutachtung

feststellen könnte«, sagte Eisner. »Ausgenommen diese Platzwunde am Kopf, die ihm jemand nach dem Tod zugefügt hat. Warum, kann ich nicht sagen. Aber der Täter wollte wohl sichergehen, dass das Opfer nicht vielleicht doch noch lebte, und hat ihm vorsorglich einen Tritt verpasst.«

»Ein Fußtritt? Das war Dr. Husen.«

»Warum hat Husen ihm gegen den Kopf getreten?«, fragten Eisner und sein Onkel gleichzeitig. Kutzelnigg hatte das Gespräch der beiden bislang schweigend verfolgt, aber das war dann wohl sogar für ihn zu unfassbar.

»Weil dieser Mann seinen Füßen im Weg war. Er hat ihn einfach nich gesehen«, erklärte Sarah und hob bedauernd die Schultern an.

»Passt zu Husen«, meinte der Bestatter verärgert. »Einem toten Mann fast den Schädel eintreten und das dann am besten noch zur Todesursache erklären.«

Eisner sah in die Runde. »Gut, dann weiß ich das wenigstens auch. Mehr kann ich so zu dem Toten nicht sagen …«

»Das hilft schon weiter, danke, Herr Eisner.«

»Ich würde gern ›war mir ein Vergnügen‹ erwidern«, sagte der Gerichtsmediziner. »Aber das verbieten mir die Umstände, Frau Teufel.«

»Kann ich verstehen.« Sie lächelte ihn an. »Danke, dass Sie sich die Mühe gemacht haben und hergekommen sind.«

»Wenigstens war es nicht vergeblich.«

»Oder ›leider‹«, gab sie zurück. »Jetzt heißt es, den Mörder zu finden.«

»Na, ist ja mal gut, dass es dafür die Polizei gibt«, meinte Eisner.

»Schön wär's«, sagte Sarah und verzog missmutig einen Mundwinkel.

Auf Eisners fragenden Blick hin warf Kutzelnigg ein: »Du vergisst da etwas, Karl. Das hier hat offiziell nie stattgefunden. Ich sollte den Toten nur vorübergehend bei mir zwischenlagern. Wenn wir der Polizei sagen, was wir wissen, wollen die einen Obduktionsbericht sehen, der aber nicht existiert. Wenn wir erzählen, dass das nur Vermutungen sind, werden sie den Toten obduzieren lassen. Bis das aber alles in die Wege geleitet ist, kann der Mörder längst untergetaucht sein.«

»Richtig«, stimmte Sarah ihm zu. »Wir müssen Fakten liefern und versuchen, den Mörder irgendwo festzuhalten, damit wir ihn der Polizei übergeben können.«

»Hm, knifflige Sache«, kommentierte Eisner diese Ausführungen. »Aber da kann ich nicht weiter behilflich sein. Ich bin offiziell ja gar nicht hier, da kann ich der Polizei auch nichts erklären.«

»Du hast schon genug gemacht, Karl«, versicherte ihm der Bestatter. »Hör mal, ich fahre ganz flink Frau Teufel nach Hause, danach koche ich uns was. Einverstanden? Ich will doch nicht, dass du dich mit knurrendem Magen auf den Heimweg machst.«

Eisner hielt den Daumen hoch, um seine Zustimmung zu signalisieren, dann verabschiedete er sich von Sarah und machte sich daran, den Toten in sein Kühlfach zurück zu bugsieren.

»Netter Kerl, Ihr Neffe«, sagte Sarah, als sie zu Kutzelnigg in den Leichenwagen stieg.

»Ja, nett ist er schon, aber davon kann er sich nichts kaufen. Er kriegt genauso schwer wie ich eine Frau ab«, erwiderte er und klang dabei ziemlich deprimiert. Auf Sarahs fragenden Blick hin erklärte er: »Männer, die den ganzen Tag mit Toten zu tun haben, kommen bei Frauen nicht gut an. Beim ersten Treffen geht es manchmal noch gerade eben gut, aber wenn beim zweiten Treffen das Wort ›Bestatter‹ fällt, ist der Ofen aus.«

Sarah dachte über seine Worte nach, während sie nach Palinghuus reinfuhren. Im Vorbeifahren sah sie in der Imbiss-Ecke des Schlemmerkörbchens Asmussen mit zwei oder drei anderen Männern an einem Tisch sitzen.

»Sie können mich hier rauslassen, Herr Kutzelnigg«, sagte sie hastig und zeigte zur Seite. »Asmussen ist bei den Reemers. Da kann ich ihm gleich erzählen, was ich erfahren habe.«

»Wie Sie möchten, Frau Teufel«, erwiderte der Bestatter und hielt an. »Halten Sie mich auf dem Laufenden. Nicht, dass jemand den Toten abholen kommt, der dazu gar nicht berechtigt ist. Zum Beispiel unser Mörder.«

»Werd ich machen«, versprach sie ihm und wollte eben aussteigen, da fiel ihr noch etwas ein. »Ach, Herr Kutzelnigg. Wenn Ihr Neffe das nächste Mal zu einem Gerichtsmedizinerkongress muss, soll er Sie einfach mitnehmen. Es gibt bestimmt nette Gerichtsmedizinerinnen, die nichts dagegen einzuwenden haben, dass ein Bestatter jeden Tag mit Toten zu tun hat.« Dabei zwinkerte sie ihm zu. »Oder meinen Sie nich?«

Der Bestatter sah sie entgeistert an. »Mein Gott, Frau Teufel. Warum haben Sie mir das nicht schon früher gesagt? Das ist eine ausgezeichnete Idee.«

»Sie haben mir bislang ja auch noch nie Ihr Leid geklagt, Herr Kutzelnigg«, gab sie zurück. »Sie sollten öfter in meinem Taxi mitfahren. Wir sehen uns.«

Als sie den Supermarkt betrat, kam Asmussen ihr bereits entgegen. »Frau Teufel, ich habe deine SMS gesehen, dass jemand herkommt, um sich den Toten anzusehen«, sagte er leise genug, um von den anderen nicht gehört zu werden, mit denen er bis eben noch im Bistro des Schlemmerkörbchens am Tisch gesessen hatte.

Sarah konnte den Kaleu erkennen, der wie gewohnt seine strahlend weiße Kapitänsmütze trug. Mit seinem Vollbart und der obligatorischen Pfeife im Mundwinkel sah er aus wie der klassische Seebär, dabei wurde er in Wahrheit schon seekrank, wenn er nur auf eine der Inseln vor Palinghuus fahren sollte – noch bevor er überhaupt an Bord gegangen war. Die beiden anderen saßen mit dem Rücken zu ihr, wegen der dicken Winterkleidung und der Mützen konnte sie von hier aus nicht sagen, wer sie waren.

Sie nickte.

»Und?«

»Reden wir draußen«, schlug sie vor. Dass ein Fahrgast auf Asmussens Fähre verstorben war, hatte inzwischen zweifellos in ganz Palinghuus die Runde gemacht. Aber dass mehr als ein vermuteter Herzinfarkt dahintersteckte, wussten bislang nur ein paar Eingeweihte. Und wenn es nach Sarah ging, sollte das auch so bleiben. Je mehr Leute davon wussten, umso wahrscheinlicher wurde es, dass auch der Täter davon erfuhr – und das konnten sie nicht gebrauchen. Ganz gleich, wer diesen Hoffmann auf dem Gewissen hatte, er sollte so lange wie möglich das Gefühl haben, den perfekten Mord begangen zu haben.

»Also?«

Sie berichtete dem Fährmann in groben Zügen davon, was die Begutachtung des Toten durch Kutzelniggs Neffen ergeben hatte. »Stellt sich die Frage, wie unser Unbekannter das eingefädelt hat.«

»'n Giftpfeil? Echt? Is ja 'n Ding.«

»Kann er dir mit einem Boot gefolgt sein?«, fragte Sarah.

»Nich, wenn er den Pfeil wieder an sich genommen hat«, sagte Asmussen kopfschüttelnd. »Dafür hätt er ganz dicht rankommen müssen, und dann wär er ganz sicher gegen meine Fähre gestoßen. Den Rumms hätt ich auf jeden Fall mitgekriegt.«

»Aber er muss ja auf Tuchfühlung gewesen sein«, gab sie zu bedenken. »Er hat den Koffer von Bord geholt und deinem Fahrgast das Handy abgenommen. Vielleicht war doch jemand an Bord, der sich unter einer Bank versteckt hat«, überlegte sie.

»Nee, Frau Teufel, das kann nich sein. Ich hab die Fähre inspiziert, bevor ich mich auf ›n Weg nach Baltrum gemacht hab. Da war niemand.«

»'n Taucher.«

»Was?« Asmussen sah sie verdutzt an.

»So einer könnte doch an Bord gekommen sein. Oder würdest du das auch merken, wenn der sich an die Fähre hängt?«

Der Fährmann blies die Wangen auf und atmete schnaubend aus. »Nich unbedingt. Ich mein, er musste ja nicht an Bord kommen. Dieser Hoffmann saß ganz hinten, da musste er ja nur den Koffer zu fassen kriegen und ihn über die Bordwand ziehen. Obwohl … ›nur‹ is leicht übertrieben. Das Ding muss sauschwer gewesen sein. Hoffmann hatte jedenfalls Mühe, den auf dem Steg nach unten zu schaffen. Mit Sicherheit kann der Mörder nich mit dem Koffer weggeschwommen sein. Dafür war das Ding zu schwer.«

»Vielleicht genügte es dem Mörder ja, den Koffer verschwinden zu lassen«, meinte Sarah. »Kann ja sein, dass der Inhalt für ihn nich wichtig war und es nur darauf ankam, dass irgendein anderer nich an den Inhalt rankam.«

»Hm, aber wär das nich ›n büschen sehr kalt um diese Jahreszeit?«, fragte sich Asmussen.

»Es gibt gut isolierende Taucheranzüge«, sagte sie. »Außerdem musste sich der Mörder dann ja nich allzu lange im Wasser aufhalten. Er wusste ja offenbar, welche Fähre das Opfer nehmen würde, also konnte er sich irgendwo in der Nähe der Kaimauer verstecken und an deine Fähre hängen, unmittelbar bevor du abgelegt hast. Dann hat er sofort Hoffmann umgebracht, ihm das Handy abgenommen und den Koffer ins Wasser gezogen. Danach musste er nur in Richtung Hafen zurückschwimmen, was kein großes Problem gewesen sein dürfte. Der Hafen is hell erleuchtet, solange es dunkel is, und der Lichtschein wäre selbst bei dieser Suppe nich zu übersehen.«

»Könnte funktioniert haben«, musste der Fährmann zugeben. »Aber wer könnte der Taucher gewesen sein?«

»Dazu müssten wir erst mal wissen, wo Hoffmann eigentlich auf Baltrum einquartiert war«, erwiderte Sarah.

»Also hinfahren, Foto zeigen, Leute fragen?«

Sie nickte. »Anders geht's nich.«

Asmussen sah auf die Uhr. »Ich fahr so gegen fünf wieder rüber. Willst du dann mitkommen?«

»Früher wär besser«, sagte sie.

»Ich ruf dich an, okay?«

»Okay«, bestätigte sie und sah auf ihre Armbanduhr. Fast ein Uhr. »Dann geh ich mal heim.«

»Soll ich dich fahren?«

Sie winkte ab. »Jetzt, wo die Sonne so schön scheint, geh ich zu Fuß. Bis später.«

Während Asmussen zu den anderen ins Bistro zurückkehrte, machte sich Sarah zu Fuß auf den Heimweg. Es war für einen Wintertag tatsächlich angenehm warm, auch wenn fünf oder sechs Grad nicht viel waren. Die

Sonne hatte den Nebel vom Morgen so erfolgreich vertrieben, dass man kaum glauben konnte, dass sich das alles an einem einzigen Tag abgespielt hatte. »Fehlt nur noch Schnee«, murmelte sie.

Margitta Pohl kam aus ihrem Haus, dem vorletzten auf dem Weg zur Windmühle, gerade als Sarah das Grundstück passierte. »Moin, Frau Pohl«, rief sie der jungen Frau zu, die zum Briefkasten am Gartenzaun ging, um die abonnierte Tageszeitung zu holen. »Grüß Gott, Frau Teufel. Ganz ohne Taxi unterwegs?«, fragte sie und lächelte freundlich, während sie den Reißverschluss ihrer Joggingjacke zuzog. Sie wohnte jetzt seit über einem Jahr im hohen Norden, doch den bayerischen Tonfall hatte sie bislang unverändert beibehalten.

»Muss manchmal auch sein. Wie geht's Ihrem Mann?« Der war im Januar morgens aus dem Haus gegangen, um zur Arbeit zu fahren, ohne daran zu denken, dass es über Nacht geregnet hatte und sich auf den Steinplatten hin zur Garage eine dicke Eisschicht gebildet hatte. Die Folge war ein komplizierter Beinbruch gewesen, der Sarah seitdem einige Fahrten zum Krankenhaus und zurück beschert hatte.

»Das wird so langsam wieder«, sagte Margitta. »Irgendwann in der nächsten Woche muss er noch mal in die Klinik zum Röntgen. Sie können ihn doch wieder fahren, oder?«

Sarah nickte nachdrücklich. »Lassen Sie mich den Termin wissen, dann ist er für die Fahrt gebucht.«

Sie wünschte Margittas Mann alles Gute, verabschiedete sich und ging weiter. Sie überquerte die letzte Straße auf dem Weg nach Hause und öffnete das Gartentor, warf einen Blick in den Briefkasten und musste feststellen, dass sich keine Post darin befand. Dann bemerkte sie James‹ Abschleppwagen, der rechts von der Windmühle neben ihrem Taxi stand. Wenn Post gekommen sein sollte, hatte ihr Ex die ganz sicher schon rausgeholt. Sie ging weiter und duckte sich, als sich gleich mehrere Meisen einen erbitterten Luftkampf um eine Erdnuss lieferten, obwohl im Futterhäuschen sicher noch eine ganze Handvoll Nüsse lag.

Kurz bevor sie an der Haustür angekommen war, fiel ihr etwas ein, das sie mitten im Gehen erstarren ließ. Sie hätte James anrufen und ihm sagen müssen, dass ihre alte Freundin Britta aus heiterem Himmel aufgetaucht war und für ein paar Tage bei ihnen wohnen würde. Verdammt! Verdammt, verdammt, verdammt! Sie wollte Britta nicht wissen lassen, dass sie und James geschieden waren. Erst recht nicht, wenn Britta im Gegensatz zu ihr ein so sorgenfreies Leben führte, während sie selbst mehr Probleme hatte, als ihr lieb sein konnte. O Gott, wenn er schon alles ausgeplaudert hatte, während sie unterwegs gewesen war! Nicht auszudenken!

Sie bewältigte auch noch die letzten zwei Schritte, schloss auf und ging nach drinnen. Nachdem sie die Schuhe ausgezogen und die Jacke aufgehängt hatte, warf sie einen Blick ins Wohnzimmer … und wollte ihren Augen nicht trauen. James lag auf dem Sofa, er hatte ein Kühlkissen auf der Stirn, sein Kopf lag auf Brittas Oberschenkel. Sie trug einen Bademantel, so als wäre sie eben aus der Dusche gekommen … oder aus dem … nein, das wollte sie sich lieber gar nicht vorstellen.

Kapitel 6

»Hi, Sarah«, sagten die beiden im Chor.

»Was is denn hier los?«, erwiderte Sarah nur und gab sich alle Mühe, einfach neugierig zu klingen. Auf keinen Fall wollte sie den Eindruck erwecken, dass die seltsame Situation bei ihr Eifersucht auslöste.

Du machst dir nur selbst was vor, wenn du das tust, erwachte die Stimme in ihrem Kopf.

Immer im falschen Moment, dachte Sarah. Immer im falschen Moment. Kannst du nicht einmal die Klappe halten, wenn es wirklich darauf ankommt?

Das würde doch keinen Spaß machen.

Sie beschloss, die unerwünschten Kommentare zu ignorieren, so gut es ging, und sich stattdessen darauf zu konzentrieren, was die beiden ihr zu sagen hatten.

»Das war mir wirklich unangenehm«, sagte Britta. »Dein James hat mich unter der Dusche erwischt und ich habe ihn daraufhin bewusstlos geschlagen.«

»Unter der Dusche?«

»Ja, er dachte, ich wäre du«, erklärte Britta, während ihr Ex sie amüsiert angrinste.

Sarah war sich nicht sicher, warum er so grinste. Hatte er ihre aufflackernde Eifersucht bemerkt? Oder wollte er damit sagen, dass es ihm gefiel, seinen Kopf auf Brittas Oberschenkel ruhen zu lassen? »James, sag mir doch bitte, wann ich das letzte Mal lange blonde Haare hatte.«

»Noch nie, Darling.«

»Und wie kannst du dann denken, Britta könnte ich sein?«

Er konnte sich ein leises Lachen nicht verkneifen.

Verdammt, er hat mich durchschaut, musste Sarah einsehen.

»Kann ich mich auf den Fünften Verfassungszusatz berufen?«, fragte er belustigt.

»Falsches Land, tut mir leid«, gab sie zurück. »Also?«

»Ich glaube«, warf Britta ein, »das kann ich besser erklären als er.« Sie hörte sich ein wenig nervös an, so als fürchtete sie, sie beide könnten einen Streit vom Zaun brechen, was Britta anscheinend unbedingt verhindern wollte. Bevor Sarah ihr klarmachen konnte, dass sie die Erklärung lieber von ihrem Ex hören wollte, fuhr ihre Freundin fort: »Ich hatte meine Duschhaube auf, weil ich keine Lust hatte, meine Haare nach dem Duschen erst mal eine Stunde lang zu föhnen, bis dieser Wust endlich trocken ist. Und diese Duschhaube ist schwarz mit einem ganz feinen Sternenmuster.«

»Durch das matte Glas der Dusche war das natürlich nicht zu erkennen«, fügte James an.

»Das leuchtet mir ein, Britta«, sagte Sarah. »Was mir nich einleuchtet, is der Punkt, dass du zu mir unter die Dusche wolltest, James. Wieso?« Als sie die Frage ausgesprochen hatte, fiel ihr auf, wie verräterisch diese Formulierung war. Zum Glück war Britta wohl mit ihren eigenen Gedanken beschäftigt, da sie an der Frage keinen Anstoß nahm.

»Vielleicht wollte ich dir Gesellschaft leisten«, antwortete James, dem diese Unterhaltung sichtlich Spaß machte.

»Vielleicht hätte *ich* dich dann ja auch bewusstlos geschlagen«, konterte sie in einem Tonfall, der noch etwas süßlicher war als seiner.

Britta reagierte mit einem fröhlichen Lachen. »Ärgere deine Frau nicht so«, ermahnte sie ihn. »Das macht ein guter Ehemann nicht.«

»Ein guter Ehemann macht so manches nicht«, ergänzte Sarah vieldeutig. »Also?«

James wurde ernst, als wüsste er ganz genau, wie weit er bei ihr gehen konnte – was genau genommen ja auch so war –, und zuckte mit den Schultern. »Ich war auf der Suche nach dem Schlüssel für das Arbeitszimmer. Ich wollte dich bloß fragen, wo der ist. Ich bin zur Dusche und habe die Tür aufgemacht, um zu fragen. Dann hast du dich umgedreht … also … Britta hat sich umgedreht, mich gesehen …«

»… ich hatte Ohrhörer drin und Musik laufen, darum konnte ich nicht hören, dass er mich … also dich gerufen hat …«

»Und dann bekam ich den Duschkopf an die Stirn und war kurze Zeit bewusstlos.«

»Und ich musste mich natürlich um ihn kümmern«, ergänzte Britta.

Sarah nickte. »Das mit dem Kümmern kann ich ja jetzt übernehmen«, sagte sie. »In der Zwischenzeit kannst du dich in Ruhe umziehen.«

Bereitwillig stand Britta auf, nachdem sie James‹ Kopf weit genug angehoben hatte, um ihr Bein zur Seite zu bewegen. Sie gab dabei Sarah ein Zeichen, dass sie ihren Platz übernehmen sollte. Sarah ging zu ihr und schob die Hand unter James' Hinterkopf, damit Britta zur Seite gehen konnte. Kaum hatte die das Zimmer verlassen, nahm Sarah die Hand ohne Vorwarnung weg.

»Autsch!«, rief James, als sein Hinterkopf unsanft auf dem Sofakissen landete.

»Oh, das tut mir leid.« Es klang exakt so desinteressiert, wie es in diesem Moment auch von ihr gemeint war. »Und jetzt verrat mir, was du ihr alles gesagt hast.«

James rollte sich zur Seite und setzte sich auf, dann nahm sie neben ihm Platz. »Also?«

»Was meinst du überhaupt? Was soll ich ihr gesagt haben?«, fragte er verständnislos.

»Über uns natürlich.«

»Gar nichts.«

»Gar nichts?«

»Nachdem ich wieder bei Bewusstsein war, habe ich mir erst mal von ihr erklären lassen, wer sie ist und was sie hier zu suchen hat. Und das war dann auch das, was sie von dem Moment an bis zu deinem Auftauchen vor ein paar Minuten gemacht hat.« Er zuckte mit den Schultern und fügte seufzend an: »Selbst wenn ich irgendwas hätte sagen wollen, ich wäre nicht zu Wort gekommen. Außerdem …«

»Außerdem?«

»Außerdem hat sie so von ihrem unglaublichen und wahnsinnig erfolgreichen Ehemann geschwärmt«, fuhr er nach kurzem Zögern fort, »da konnte ich dir doch nicht in die … wie heißt das … in die Parade fahren und ihr anvertrauen, dass du einen Mann erwischt hast, der auf der ganzen Linie ein Versager ist.« Seine Worte und sein Mienenspiel verrieten ihr, dass er das auch wirklich so meinte.

Sarah legte eine Hand auf sein Knie. »Das mit der ›ganzen Linie‹ ist Blödsinn. Trotzdem danke.«

»Wofür?«

»Dass du nichts gesagt hast.«

»Wenn es sonst keiner weiß, warum sollte ich das einer Frau erzählen, die du seit zwanzig Jahren nicht mehr gesehen hast?«

Ein geschiedener Ehemann konnte alle möglichen Gründe haben, seine Ex-Frau in Verlegenheit zu bringen, fand Sarah. Dass er es nicht getan hatte, sagte viel über ihn aus. Über ihn und über sein Verhältnis zu ihr. Sie sah ihn an, musste aber schnell den Kopf wegdrehen und aufstehen. Ein Gefühl sagte ihr, dass ihr beinahe etwas über die Lippen gekommen wäre, was in ihrer jetzigen Situation völlig unpassend gewesen wäre. Das Verrückte war aber, dass sie selbst nicht wusste, was dieses Etwas gewesen wäre.

Soll ich's dir verraten?

»Außerdem …«, redete James weiter, bevor sie ihrer inneren Stimme widersprechen konnte. Zum Glück wurde sie durch seine Worte so abgelenkt, dass das, was ihre Stimme vielleicht noch sagen wollte, dadurch unterging.

»Was?«, fragte sie.

Er lauschte kurz, dann sagte er: »Außerdem habe ich so ein Gefühl, dass da irgendwas nicht stimmt.«

Sarah legte den Kopf schräg. »Wie meinst du das?«

Unschlüssig schaute James drein, dann sagte er: »Ich kann dir das nicht erklären, aber … es würde mich nicht wundern, wenn deine Freundin noch mit einer Überraschung ankommt.« Nach einer kurzen Pause fügte er hinzu: »Keine angenehme, wenn ich mich nicht irre.«

Sie schüttelte den Kopf. »Normalerweise sprichst du nicht in Rätseln, außer wenn du versuchst, Plattdeutsch zu reden. Aber was soll ich jetzt damit anfangen?«

»Abwarten, weiter nichts. Vielleicht irre ich mich ja auch. Just wait and see.«

»Ich will's hoffen«, seufzte sie. »Ich will's wirklich hoffen.«

James nickte zustimmend. »Was macht euer Toter?«

»Unser Toter ist ein Mordopfer.«

»Sicher?«

»Ich würd 99,9 Prozent sagen. Er ist erstickt, und er hat eine Einstichstelle am Rücken. Kutzelniggs Neffe meint, dass ihm ein Gift gespritzt wurde. Curare oder irgendetwas, was ähnlich wirkt.«

»Curare? Das ist brutal. Alle Muskeln versagen den Dienst, aber das Herz schlägt weiter, und das Opfer erstickt bei vollem Bewusstsein.«

Sarah nickte. »Das hab ich heute auch schon gehört.«

»Und der Täter?«

»Keine Ahnung. Dafür wissen wir zu wenig über den Toten.« Sarah fuhr sich durch die Haare. »Asmussen will mich nachher nach Baltrum mitnehmen, dann wollen wir da rumhorchen, ob jemand was über den Toten weiß.«

James verzog den Mund. »Kann das nicht die Polizei machen? Ich meine, ihr steht vielleicht dem Mörder gegenüber und fragt ihn, ob er den Toten gekannt hat. Dann weiß der, wer in dem Fall ermittelt, und da ihr keine Polizisten seid, hat er vielleicht keine Skrupel, euch auch noch umzubringen.«

»Wir passen schon auf«, versicherte sie ihm.

»Die berühmten letzten Worte.«

Sarah zog eine Augenbraue hoch, was er mit einem weiteren Schulterzucken kommentierte. »Ich mein ja nur«, schickte er noch hinterher.

»Britta weiß noch nichts von dem Toten«, sagte sie leise, als sie Schritte auf der Treppe hörte. »Muss auch nicht unbedingt sein. Wär gut, wenn du auch erst mal nichts davon sagst.«

»Kein Problem. Sie braucht sowieso nur ein Stichwort, dann redet sie ohne Ende drauflos«, erwiderte er grinsend.

Gerade als Britta ins Wohnzimmer kam, klingelte Sarahs Handy. »Taxi Tod und Teufel?«, meldete sie sich. »Herr Asmussen … ja … jetzt gleich … natürlich. Je eher desto besser. Ich mache mich gleich auf den Weg.«

Sie drehte sich zu Britta um, die jetzt Jeans und Sweatshirt trug, als hätte sie erst mal auskundschaften müssen, welcher Stil für diese gottverlassene Gegend der richtige war. »Ich muss noch mal weg. Mein Taxi wird gebraucht.«

»Oh.« Ihre Freundin sah sie erschrocken an. »Ach, und ich hatte mich schon so auf eine Stadtrundfahrt gefreut. Ich dachte, am Samstagnachmittag passiert nirgendwo mehr was.«

»Dafür musstest du erst in die Provinz reisen, weit weg von der Zivilisation, um festzustellen, dass hier nich völlig tote Hose herrscht«, sagte Sarah. »Abgesehen davon, ›Stadtrundfahrt‹ klingt für unsere Verhältnisse etwas hochtrabend. ›Fischerdorfrundfahrt‹ wäre schon treffender. Das müssen wir verschieben, tut mir leid.«

»Trotzdem schade«, erwiderte Britta betrübt.

»Obwohl … vielleicht möchte ja James für mich einspringen.«

Sein Blick verriet ihr, dass er sich fragte, ob sie ihn wohl auf die Probe stellen wollte, indem sie ihn ohne Anstandsdame mit einer attraktiven Frau losschickte. Dabei war genau das Gegenteil der Fall. Sie vertraute ihm, dass er die Gelegenheit nicht ausnutzen würde, auch wenn es als ihr Ex ganz allein seine Sache war, ob ihn kümmerte oder nicht, dass Britta verheiratet war.

»Von mir aus«, willigte er schließlich ein, als wäre es ganz normal, für sie immer noch Dinge zu erledigen, die sie lieber anderen überließ.

»Danke, James.« Sarah atmete erleichtert auf. »Ich rufe an, wenn ich auf dem Rückweg bin.«

»Gut«, sagte er und legte das Kühlkissen wieder auf seine Stirn. »Viel Erfolg.«

»Erfolg?«, wunderte sich Britta.

»Äh … bei der Suche nach dem Fahrgast«, antwortete Sarah. »Das kann bei manchen Adressen sehr schwierig sein, wenn das nur ein Hof ist oder so.«

»Oh. Ja, dann wünsche ich dir auch viel Erfolg.«

»Danke, Britta.« Sie wandte sich zum Gehen. Als sie im Flur ihre Jacke anzog, hörte sie Britta zu James sagen: »Und jetzt zu uns beiden Hübschen.« Grinsend verließ sie ihre alte Windmühle und eilte zu ihrem Taxi.

Auf Baltrum trafen Sarah und der Fährmann gegen halb drei ein. Im Hafen stand eine Kutsche bereit, das dunkelbraune Pferd war in eine dicke Decke gehüllt, die es vor dem kalten Wind schützte. Der Kutscher war nicht zu sehen, aber es war nicht schwer zu erraten, wo er sich aufhielt. Nicht weit vom Anleger entfernt stand eine Holzbaracke, an der ein provisorisch angebrachtes Schild mit der Aufschrift *Frischer Kaffee* befestigt war. An der Dachkante hatten sich ein paar Krähen und mehrere Möwen Seite an Seite niedergelassen und beäugten aufmerksam ihre Umgebung. Eine Krähe stieß auf einmal ein lautes Krächzen aus, das ihre Artgenossen dazu veranlasste, diesem Beispiel zu folgen – sehr zum Missfallen der Möwen, die mit durchdringendem Kreischen antworteten. Es war so, als würden abwechselnd die einen versuchen, die anderen zu übertönen. So abrupt, wie das Gezeter begonnen hatte, endete es auch wieder.

Asmussen öffnete die windschiefe Tür. »Moin zusammen. Herr Kutscher, du wirst erwartet.«

Hengsen, dem die Kutsche draußen am Kai gehörte, nickte bedächtig und trank weiter seinen Kaffee. »Hetz mich nich so, Achim«, gab er dann über den Rand seiner Zeitung zurück. »Du hast bestimmt Zeit genug mitgebracht, damit ich erst mal meine Pause machen kann.«

»Ich hab Zeit, aber Sarah hat keine Zeit. Die muss schnell wieder an Land und sich um ihren Besuch kümmern«, sagte Asmussen.

»Du hast Sarah mitgebracht?« Der Kutscher mit der geröteten Knollennase und dem struppigen Bart wurde hellhörig, kippte den Kaffee runter, legte die Zeitung zur Seite und griff nach seiner Pudelmütze. »Ich dachte, ich soll dich faulen Sack über die Insel kutschieren. Aber wenn Sarah mit dabei is …«

Asmussen musste lachen. »Du gibst nie auf, was?«

»Ich geb erst auf, wenn ich in der Kiste lieg«, konterte Hengsen entschlossen und fuhr sich durch sein zerzaustes und in alle Richtungen abstehendes Haar. Dann zwängte er sich einfach an Asmussen vorbei, der noch in der Tür stand.

Erna kam um die Theke herum und räumte kopfschüttelnd die leere Kaffeetasse weg. »Ich weiß ja, wie der alte Fischkopp das meint«, sagte sie nachsichtig und lächelte Asmussen an. »Sonst würd ich wirklich noch glauben, dass er vergessen hat, dass er mit mir verheiratet is.«

Als Sarah sah, dass Hengsen aus der Kaffeebude gestürmt kam und dabei fast Asmussen umrannte, musste sie unwillkürlich seufzen. Hengsen gab den unermüdlichen Charmeur, sobald er ihr begegnete, obwohl sie beide wussten, dass es ein aussichtsloses Unterfangen war –

und sie war sich nicht mal sicher, wie ernst Hengsen das alles eigentlich meinte.

»Herr Hengsen, schön, dass Sie Zeit für uns haben«, sagte sie, als er Anstalten machte, sie mit einem Handkuss zu begrüßen.

»Für Sie doch immer, Frau Teufel«, erwiderte er und lächelte so breit, dass seine Zahnlücken sichtbar wurden. »Wo soll's denn hingehen?«

»Nur ins Dorf«, sagte sie. »Aber ich würd Sie noch gern was fragen.« Sie hielt ihm ihr Smartphone hin: »Kommt Ihnen dieser Mann bekannt vor?«

Hengsen legte eine Hand über das Display, da die Sonne zu sehr blendete. »Sieht 'n büschen kränklich aus«, sagte er, nachdem er das Foto betrachtet hatte. Sarah hatte das im Beerdigungsinstitut aufgenommen, wo das fahle Neonlicht jeden kränklich aussehen ließ, auch wenn er noch unter den Lebenden weilte.

»Kann man so sagen«, erwiderte sie. Auf Baltrum hatte sich also noch nicht rumgesprochen, dass Hoffmann tot war. In dem Fall würde sie nicht dafür sorgen, dass das sofort nachgeholt wurde. Solange niemand eine konkrete Frage stellte, würde sie die Wahrheit für sich behalten.

Er kratzte sich am Kopf, schließlich nickte er. »Jo. Den hab ich auch rumkutschiert. Sinnich viele Touristen hier bei der Kälte.«

»Sie wissen nicht zufällig, wo er einquartiert war? In welchem Hotel?«

Der Kutscher kniff die Augen zusammen. »Nich im Hotel. Innem Haus. Aber … puh … könnt ich nich mit Sicherheit sagen. Ich glaub … irgendwo am Wellenbrecher … aber … nee …«

»Aber er is da in 'n Haus gegangen, richtig?«

»Jo, isser.«

»Dann bringen Sie uns erst mal dahin.«

»Mit Vergnügen«, sagte Hengsen und half ihr auf die Kutsche.

Als Sarah sich hingesetzt hatte, drehte sich der Kutscher um und sah, dass der Fährmann direkt vor ihm stand und ihn abwartend anschaute. »Du bist alt genug, du kommst da allein rauf«, meinte er und ging um den anderen Mann herum, um auf den Bock steigen zu können.

»Trinkgeld kannste vergessen«, rief Asmussen ihm zu.

»Gibste eh nie«, konterte Hengsen.

»Hast ja auch keins verdient«, gab Asmussen zurück.

»Kannst ja …«

»Kinners, hört auf euch zu streiten, sonst gibt's heut Abend keinen Nachtisch«, ging Sarah lachend dazwischen.

»Kapitän Hengsen begrüßt Sie an Bord seiner Kutsche Elise II, gezogen werden Sie heute von unserem treuen Braunen Garfunkel, der …«

»Sabbel nich, fahr los«, knurrte Asmussen und verdrehte die Augen.

Die Kutsche setzte sich in Bewegung und folgte dem asphaltierten Weg, der seit Jahren nur noch von Kutschen und Radfahrern benutzt wurde, seit man auf der Insel alle Autos verboten hatte. Die Luft wirkte dadurch gleich noch etwas frischer, aber Sarah war klar, dass das mehr Einbildung war als Tatsache.

Sie fuhren durch die malerische Landschaft, links und rechts weite Wiesen. Auf einer dieser Wiesen tummelte sich ein Schwarm Stare, die sich um diese Jahreszeit eigentlich im Süden hätten aufhalten müssen. Aus unerfindlichen Gründen hatte dieser Schwarm aber schon vor Jahren entschieden, den beschwerlichen Flug nach Süden nicht zu unternehmen und stattdessen zu versuchen, sich hier oben im kalten Norden durchzuschlagen. Sarah spendete regelmäßig einer Gruppe ehrenamtlicher Vogelfreunde Geld, die sich darum kümmerten, dass speziell diese Stare keinen Hunger leiden mussten. Sarah bewunderte solches Engagement für die Natur, das sie hin und wieder zudem noch tatkräftig unterstützte, wenn ein verletzter oder kranker Vogel zu einem spezialisierten Tierarzt gefahren werden musste.

Dann ging es vorbei an den Häusern, fast einheitlich rote Backsteinbauten, manche schon Jahrzehnte alt, andere erst vor ein paar Jahren neu gebaut, was vor allem daran erkennbar war, dass sie größer waren und luxuriöser wirkten, aber nur selten mehr als Einfamilienhäuser waren. Die meisten Häuser waren mit roten Dachziegeln gedeckt, was man für eintönig hätte halten können, was die Inselgemeinschaft aber wie eine geschlossene Einheit wirken ließ.

Sie bogen mal links, mal rechts ab, wobei der Verzicht auf Straßennamen von allen, die auf Baltrum unterwegs waren, einen halbwegs ausgeprägten Orientierungssinn erforderte, um das Haus zu finden, in dem man seinen Urlaub verbringen wollte. Nach einer Weile hielt der Kutscher an und erklärte: »Hier hab ich ihn mal abgesetzt.«

»Und wo is er dann hin?«, fragte Sarah.

»Weiß nich, bin ja dann weiter.«

Sarah schaute sich um. Alle Richtungen zusammengenommen standen hier gut ein Dutzend Häuser. »Okay«, sagte sie. »Wir steigen hier aus.«

»Soll ich warten?«, wollte Hengsen wissen.

»Nich nötig«, antwortete sie. »Wir gucken ma, wo wir von hier aus hingehen werden. Wir seh'n uns bestimmt nachher noch, wenn wir zum Hafen zurückwollen.« Sie gab ihm das Geld und dazu ein Trinkgeld, was Hengsen zu einem strahlenden Lächeln veranlasste. Dann sah er Asmussen um die Kutsche herumkommen und streckte ihm die Zunge raus.

»Sinnich alle so geizig wie du«, sagte er triumphierend und hielt den Zweier hoch.

»Is kein Trinkgeld, nur ›n Almosen«, konterte der und gab dem Pferd einen Klaps auf die Flanke, das sich daraufhin wieder in Bewegung setzte. Hengsen murmelte irgendetwas, das nichts Nettes gewesen sein konnte, während er davonfuhr.

»Un nu?«, fragte Asmussen, nachdem Hengsen mit seiner Kutsche um die nächste Ecke verschwunden war.

»Wenn Hoffmann hier ausgestiegen is, dürfte er in einem der Häuser hier gewohnt haben«, erklärte sie. »Ich mein, wenn er zwei Straßen weiter einquartiert gewesen wär, dann hätt er sich auch da absetzen lassen.«

»Un wenn er sich die Beine vertreten wollte?«

»Dann wär er von vornherein zu Fuß gegangen.«

»Sicher?«

Sarah zuckte mit den Schultern. »Irgendwo müssen wir anfangen zu suchen. Wenn uns hier keiner sagen kann, ob Hoffmann hier sein Quartier hatte, fragen wir in den Kneipen rum. Vielleicht können wir das ja wenigstens auf drei oder vier Häuser eingrenzen, dann sind wir schon ein ordentliches Stück weiter.«

»Einverstanden«, sagte Asmussen. »Das da?« Er zeigte auf das Haus, das nur ein paar Meter entfernt stand. Es war eindeutig jüngeren Datums, da das ausgebaute Dachgeschoss über eine großzügige Dachterrasse verfügte, was für ältere Häuser ganz untypisch war. Sie gingen den mit Steinplatten gepflasterten Weg zur Haustür. Links und rechts warteten umgegrabene Blumenbeete darauf, endlich neu bepflanzt zu werden. Gleiches galt für die leeren Blumenkästen vor den kleinen Fenstern links und rechts der Eingangstür.

Sarah läutete. Nichts geschah. Sie versuchte es noch einmal. Wieder nichts. Sie gab dem Fährmann ein Zeichen, ihr ums Haus zu folgen, damit sie von allen Seiten durch die Fenster nach drinnen sehen konnten, ob das Haus aktuell überhaupt bewohnt war.

»Leer«, stellte er fest, nachdem sie einmal ums Haus gegangen waren. »Da steht nich ma ›n benutztes Glas rum.«

»Schade«, murmelte Sarah. »Auf zum nächsten.«

Kapitel 7

Erst drei Versuche später waren ihre Bemühungen von Erfolg gekrönt. Die Tür wurde nach dem vierten Klingeln geöffnet, ein schmächtiger Mann von etwa Mitte vierzig sah sie skeptisch an. »Ich kaufe nichts an der Tür«, sagte er.

»Wir verkaufen auch nichts«, erwiderte Sarah freundlich.

»Gut, ich hätte nämlich auch keine Zeit. Ich habe einen Termin einzuhalten.«

»Einen Termin?«

»Ja, einen Termin.«

Als die beiden daraufhin nichts sagten, sondern ihn nur ansahen, erklärte er schließlich: »Ich muss jetzt weiterarbeiten. Wenn Sie mich entschuldigen würden …«

»Wir haben nur eine Frage«, sagte Sarah hastig, ehe er die Tür zumachen konnte. »Kennen Sie diesen Mann?«

Er betrachtete das Foto. »Sollte ich?«

»Wissen wir nicht. Sagt Ihnen das Gesicht was?«

Er schüttelte den Kopf. »Nein. Was ist mit ihm? Hat er jemandem was getan? Ist er ein Einbrecher?«

»Das versuchen wir gerade rauszufinden«, antwortete Sarah. »Der Mann hat auf dem Weg von hier ans Festland auf der Fähre von Herrn Asmussen einen Herzinfarkt erlitten. Dummerweise ging sein Gepäck über Bord, offenbar auch seine Brieftasche, deshalb haben wir keine Ahnung, wer er ist und ob es Verwandte gibt, die informiert werden müssen.«

»Und … ähm … wer sind Sie?«, fragte er etwas irritiert.

»Das ist Herr Asmussen, der Fährmann, ich bin Sarah Teufel. Wir kommen beide aus Palinghuus und wollen die Polizei bei der Suche nach Hinweisen unterstützen«, erklärte sie. »Hier auf dem Dorf hilft man sich gegenseitig, und bei dem wenigen Personal könnte es passieren, dass in der Zwischenzeit Urlauber abreisen, die etwas zu seiner Identität sagen könnten.«

»Mh, ja, das stimmt allerdings«, sagte der Mann. »Ist er denn tot?«

»Nee, er liegt im Koma«, sagte Asmussen spontan.

Der Mann nickte nur. »Schlimm. Wirklich schlimm. Aber wie gesagt, das Gesicht habe ich noch nie gesehen.«

Sie bedankten sich und gingen weiter.

»Im Koma?«, fragte Sarah, nachdem sie das Grundstück verlassen hatten.

Asmussen hob flüchtig die Schultern an. »Fiel mir grade so ein. Ich dachte mir, wir erzählen jedem was anderes. Vielleicht verplappert sich ja jemand, wenn er was gesagt bekommt, von dem er weiß, dass es nicht stimmt.«

Sarah nickte bedächtig. »Keine verkehrte Idee. Was

hältst du von ihm?«, fragte sie und deutete mit dem Daumen über die Schulter.

Sie bogen auf das nächste Grundstück ein. Asmussen machte eine vage Geste. »Schwer zu sagen. Es schien ihn nicht sehr zu interessieren, würd ich meinen.«

»Ja, genau mein Eindruck«, stimmte sie ihm zu.

Beim übernächsten Haus öffnete ein junges Paar, jeder mit einem Kleinkind auf dem Arm, während drei etwas ältere Kinder hinter ihnen die Treppe rauf und runter rannten, als Sarah und Asmussen ihnen das Foto zeigten und sie befragten. Die Frau war sich sicher, dass sie den Mann einmal gesehen hatte, wie er bei ihnen am Haus vorbeigegangen war. Sie hatte ihn gegrüßt, und wahrscheinlich hatte er den Gruß erwidert. »Mir wär das im Gedächtnis geblieben, wenn er *nicht* gegrüßt hätte«, sagte sie.

Ihr Mann stand daneben und nickte nur stumm.

Sarah und Asmussen bedankten sich und zogen weiter zum nächsten Haus. Von dort bis zum letzten Haus, das von der Stelle aus ohne Umweg zu erreichen war, an der der Kutscher Hoffmann hatte aussteigen lassen, fanden sich ein Touristenehepaar und zwei auf Baltrum lebende Familien, die der Meinung waren, den Gesuchten in den letzten Tagen gesehen zu haben. Völlig sicher war sich aber niemand, und vor allem wollte sich keiner festlegen, ob das Mordopfer hier in der Straße unterwegs gewesen war oder ob man dem Mann irgendwo im Dorf oder am Strand begegnet war.

Sie beschlossen, in den Lokalen auf der Insel herumzufragen. Wirte hatten oft ein gutes Gedächtnis für Gesichter, und auch Stammgäste neigten dazu, sich die Gesichter von Fremden zu merken, wenn diese ein Lokal betraten. Tatsächlich hatten sie mit dieser Vorgehensweise mehr Glück, obwohl der Erfolg nur noch mehr Fragen aufwarf. In der zweiten Kneipe bekamen sie vom Wirt Jan Terhaagen beim ersten flüchtigen Blick auf das Display von Sarahs Handy zu hören: »Ach, der Bergmann. Den habt ihr knapp verpasst.«

»Bergmann?«

»Ja … soundso Bergmann.« Der Wirt nickte bekräftigend. »Der is gestern Morgen abgereist. Mit der Fähre um zehn nach sieben.« Er sah Asmussen an. »Den müssteste doch abgeholt haben, oder, Achim?«

»Ähm … ja, ja, das schon … aber … ähm …«, stammelte der Fährmann. »Na ja, das ist so«, redete er leiser weiter und bedeutete dem Wirt, ihm zum anderen Ende der Theke zu folgen, wo niemand ihn belauschen konnte. »Dieser … Bergmann … hat bei der Rückfahrt nach Palinghuus einen Herzinfarkt erlitten.«

»Isser …?«, begann der Wirt erschrocken.

»Nee, nee, Koma. Aber vorher hat er mir noch erzählt, dass er meinte, er hätt was in seinem Ferienhaus vergessen. Er wollte im Koffer nachsehen, sobald wir angekommen waren. Aber dann is ihm der Infarkt dazwischengekommen. Jetzt wollten wir nachschauen, ob da wirklich noch was im Haus liegt, was ihm gehört. Nur wissen wir nich, in welchem Haus er überhaupt war. Hat er irgendwas gesagt?«

Jan strich sich über den verbliebenen Haarkranz, der so unnatürlich schwarz war, dass er nur gefärbt sein konnte. Irgendwie passte es dazu, überlegte Sarah, dass der Pullover zwei Nummern zu klein war und sich derart über dem stattlichen Bauch spannte, dass man meinen wollte, der Stoff würde jeden Moment kapitulieren.

»Nö, nich dass ich wüsste.« Er schüttelte bedächtig den Kopf. »Vielleicht hat er mal was gesagt, aber ich hab's nich mitgekriegt. Wenn's hier voll ist, reden an der Theke fünf Leute gleichzeitig auf mich ein, ganz zu schweigen von den Bestellungen, die mir dazwischen noch zugerufen werden. Da geht so was an mir vorbei.«

Seine Worte machten Sarah stutzig. »Aber sag mal, Jan, wenn du kaum was davon mitkriegst, was die Leute reden, woher hast du dann gewusst, dass er gestern um zehn nach sieben mit der Fähre abfahren wollte?«

»Hat er groß erzählt.«

»Dir?«

»Allen hier.«

»Wer ist ›alle‹?«, hakte sie nach. »Dem Personal oder …?«

»Nee, halt alle. Meine Stammgäste, meine Halb-Stammgäste, meine Fast-Stammgäste, alle möglichen Touristen, ein paar Tagesausflügler.« Jan zuckte mit den Schultern. »Donnerstags is Labskaustag«, erzählte der Wirt. »Entweder normale Portion zum halben Preis oder normaler für ›ne doppelte Portion. Da is hier immer volles Haus. Er war mittags da. Er hat bezahlt und sich verabschiedet … so wie jeden Tag mit Handschlag, war so seine Eigenart … und als ich ›Bis morgen‹ sag, da erzählt er mir, dass er morgen … also gestern … ganz früh mit der ersten Fähre um zehn nach sieben abreist. Darum könne er auch am Abend nicht noch mal herkommen, weil er sich früh schlafen legen wolle.« Er deutete auf die Tür. »Das hat er mir zugerufen, als er fast schon raus war. Daraufhin hat ihm die ganze Bude 'ne gute Reise gewünscht.«

Und vermutlich auch sein Mörder, dachte Sarah.

»Du hast recht, James«, sagte Britta, nachdem sie ein Stück weit auf der Straße Hinterm Hafen gegangen waren und vor ihnen bereits der Dorfplatz auftauchte. »Ein Rundgang durchs Dorf ist besser als eine Rundfahrt, gerade bei der schönen klaren Luft und bei dem herrlichen Sonnenschein.«

James nickte und lächelte Britta an. Er hatte das Gefühl, dass sich hinter ihrer Begeisterung für Palinghuus etwas anderes verbarg, aber er konnte nicht sagen, was es war. Oder redete er sich das nur ein, weil er nicht nachvollziehen konnte, was es mit Brittas Reise zu ihrem Selbst auf sich hatte? Während er mit dröhnendem Kopf auf der Couch gelegen hatte, war der Redefluss dieser Frau einfach nicht zu stoppen gewesen. Für seine Kopfschmerzen war das Gerede nicht förderlich gewesen. Aber bei aller Offenheit war da immer noch ein beharrliches Gefühl, dass sie etwas verschwieg.

»Solange man nichts einkaufen kann, was man anschließend nach Hause schleppen muss, is das auch kein Problem«, erwiderte er. »Das ist das Gute, wenn man so einen Spaziergang zu einer Zeit unternimmt, zu der die Geschäfte alle geschlossen sind.«

Britta musste lachen. »Das klingt nach der Taktik eines Mannes, der zu oft seine Frau beim Shopping begleitet hat.«

»Kann auch die Taktik eines Mannes sein, der sich selbst vom Geldausgeben abhalten will«, gab er mit einem Zwinkern zurück. Oder der sich vom Geldausgeben abhalten muss, weil andere sich an seinem Geld bedient haben, fügte er in Gedanken hinzu.

Plötzlich blieb Britta stehen und drehte sich um. »Eure Windmühle ist einfach wunderschön«, sagte sie und atmete sehnsüchtig seufzend aus.

Ist es das etwa, fragte sich James. Ist sie hergekommen, weil sie unsere Mühle kaufen will? Mit dem Vermögen, das ihr Mann anscheinend besitzt, dürfte das ein Kinderspiel sein. Er drehte sich ebenfalls um. Der Gedanke hatte etwas Reizvolles, weil sich dann zumindest einen Teil ihrer Probleme erledigt hätte. Allerdings war es mehr als unwahrscheinlich, dass sie die Windmühle noch loswerden konnten, wenn ein möglicher Käufer erst einmal Bescheid wusste, was er sich mit einem Kauf alles aufhalsen würde.

»Als ich heute Morgen hier angekommen bin, hat mich der Taxifahrer ja genau bei euch vor der Tür abgesetzt«, redete sie weiter. »Da habe ich zu dicht vor der Mühle gestanden, um sie mir richtig anzusehen. Aber von hier aus ... wow.«

Die Windmühle bot mit ihren gut zwanzig Metern Höhe schon einen beeindruckenden Anblick. Erdgeschoss und erster Stock bestanden aus rotem Backstein, der spitz zulaufende Aufsatz aus Holz war grau gestrichen, während die Flügel in immer noch recht sauberem Weiß erstrahlten, obwohl der letzte Anstrich eine Weile her war. Dort, wo der hölzerne Teil begann, verlief eine Galerie um die Mühle herum

»Funktioniert sie eigentlich noch?«, fragte Britta.

James schüttelte den Kopf. »Nein. Die Mühle selbst stammt aus dem 16. Jahrhundert, aber das Innenleben hat man irgendwann um 1850 erneuert. Dann wurde die Mühle aufgegeben, weil sie nicht mehr rentabel war und niemand sie übernehmen wollte. Der ganze Mechanismus ist seitdem allmählich verrottet, weil er nicht mehr in Gang gehalten wurde. Wir haben alles ausgebaut, was keine Funktion mehr erfüllte.«

»Und was ist mit den Flügeln? Drehen die sich noch?«

»Die würden sich drehen, aber wir haben den Mechanismus blockiert«, erklärte er. »Das ist eine sogenannte Holländerwindmühle mit Segelgatterflügeln.«

»Was heißt das?«

»Du siehst, dass die Flügel nur aus einem Gittergeflecht bestehen?« Als sie nickte, fuhr er fort: »So fängt sich dort kein Wind, und die Flügel drehen sich nicht. Damit sie sich drehen können, müsste man an jedem Flügel hochklettern und ihn mit einem Segeltuch bespannen. So schwindelfrei bin ich nicht, und Sarah auch nicht. Und so wichtig sind uns drehende Flügel nun auch wieder nicht. Außerdem müsste man dann höllisch aufpassen, wie stark der Wind weht, und je nachdem müssten sie dann gerefft oder ausgelassen werden. Was ebenfalls nur was für schwindelfreie Menschen ist. Und was auch schwer zu erledigen ist, wenn ich in der Werkstatt bin und Sarah mit dem Taxi unterwegs.«

»Ach so, das heißt, wenn plötzlich Sturm aufkommt, könnten die Flügel weggerissen werden?«, erkundigte sie sich.

»Genau. Und das würde ein teures Vergnügen werden. Aber davon abgesehen ist sie schon etwas Besonderes«, stimmte James ihr zu, verkniff sich jedoch jeden weiteren Kommentar. Die Begeisterung über alles, was mit der Mühle und dem kostspieligen Umbau zusammenhing, war längst ins Gegenteil umgeschlagen, und solange er nicht über diese Dinge reden wollte – was er Britta gegenüber ganz sicher nicht tun wollte –, konnte er auch nicht mit ihr über all das reden, was einmal an positiven Dingen mit der Mühle verbunden gewesen war.

Er wandte sich zum Weitergehen, woraufhin Britta ihm folgte. Vorbei an den gemütlichen Einfamilienhäusern mit ihren gepflegten, aber im Winter trotz allem recht trostlos wirkenden Vorgärten ging es weiter in Richtung Dorfplatz. Niedrige Hecken säumten die Grundstücksgrenzen, Vögel suchten unter Büschen nach etwas Essbarem. Hier und da war ein Bewohner mit kleinen Ausbesserungsarbeiten am Haus beschäftigt, jeder winkte James und damit auch Britta zu, wenn sie vorbeigingen.

Schließlich waren sie am Dorfplatz angekommen. Eine zweispurige Straße kam von links und führte nach rechts in Richtung Hafen, die Straße, die um den Dorfplatz verlief, war gerade breit genug für die Transporter, die Waren zu den wenigen dort gelegenen Geschäften bringen mussten. Am Rand des Dorfplatzes hatte man vor vielen Jahren Weiden gepflanzt, die jetzt im Winter beschnitten worden waren und wie verstümmelt wirkten, auch wenn das tatsächlich nicht der Fall war.

»Es ist überschaubar«, stellte Britta fest, als sie auf der Ecke vor dem Schlemmerkörbchen standen und sie sich den Platz in seiner Gesamtheit ansehen konnte. »Und sehr gemütlich.«

»Aber nicht vergleichbar mit den Metropolen, die du schon besucht hast, nehme ich an.«

Sie winkte ab. »Das ist alles nur für eine Weile aufregend. Wenn man noch nie in Hongkong oder Rio war, dann ist beim ersten Mal alles wirklich überwältigend. Du kannst in Hamburg oder Frankfurt leben, du bist nie auf das vorbereitet, was du da zu sehen bekommst. Wenn man da einige Tage verbringt, ist das alles noch okay. Aber wenn man ein paar Monate da lebt, wird das irgendwann unsagbar anstrengend, dass man immer stundenlang unterwegs ist, wenn man aus dem eigenen Viertel in ein anderes muss, das am anderen Ende der Stadt liegt. Mein Mann mus… muss ja seine Kunden besuchen, er kann sie nicht bitten, zu ihm zu kommen. Meistens ha… meistens nimmt er mich mit, weil ich manchmal auch als seine Assistentin tätig werde. Wenn du drei oder vier Stunden unterwegs bist und befindest dich dabei immer noch in ein und derselben Stadt, hast du das Gefühl, gar nicht von der Stelle zu kommen.«

James nickte. »Ja, das kenne ich von New York. Da war ich auch nur einmal und nie wieder. Einmal Big Apple hat mehr als gereicht.«

»Und woher aus den Staaten kommst du?«, erkundigte sie sich.

»Wisconsin.«

»Wisconsin?« Britta stutzte. »Gab's da nicht eine Fernsehserie, die in Wisconsin gespielt hat?«

»Ich möchte wetten, es gibt mindestens ein Dutzend Serien, die da spielen.«

Plötzlich schnippte sie mit den Fingern. »*Rome!*«

»Was?«

»*Rome, Wisconsin.* So hieß die Serie, die ich meine.«

»Nein, die hieß *Picket Fences.*«

»Ja, stimmt, du hast recht! Die habe ich mir immer angesehen, da war ich so … dreizehn, vierzehn vielleicht. Ich fand die Polizistin toll. Die Rothaarige. Die ging ganz in ihrer Arbeit auf.«

»Lauren Holly.«

»Ja, genau.«

James nickte. »Die war gut. Die Serie insgesamt war gut. Ich wusste gar nicht, dass die hier auch gelaufen ist. Muss ich mal Sarah drauf ansprechen. Die würde ich mir gern noch mal ansehen.« Nach einer kurzen Pause fügte er hinzu: »Die Serie, meinte ich.«

Britta grinste ihn an. »Dachte ich mir schon. Sarah kannst du dir schließlich jeden Tag ansehen, nicht wahr?«

Bevor er antworten konnte, kam ein Mann von links, nickte ihnen zu und rief: »Moin, zusammen.«

»Moin, Kaleu«, erwiderte James und tippte zum Gruß mit Zeige- und Mittelfinger gegen die imaginäre Schirmmütze auf seinem Kopf. Es war ein seltsamer Reflex, der ihn immer nur überkam, wenn er dem Kaleu begegnete, der Sommer wie Winter seine Kapitänsmütze trug.

»Mo… mo…«, stotterte Britta.

»Na, James, wer issen die schmucke Deern?«, fragte der Kaleu und musterte sie von Kopf bis Fuß, ehe er anerkennend nickte.

»Eine Freundin von Sarah, Britta«, sagte James. »Ich zeige ihr Palinghuus.«

»Na, denn man zu, will ja nich die Jugend aufhalten«, meinte der alte Mann, lächelte den beiden zu und schlenderte weiter.

»Wieso begrüßt er uns am späten Nachmittag mit ›moin‹?«, wollte sie wissen.

»Das sagt man hier so, Britta. Den ganzen Tag über. Frag mich nicht, warum.« Er machte eine vage Geste, um seine Ahnungslosigkeit zu unterstreichen. »Die Leute reden so, damit muss man sich arrangieren. Du kriegst sie halt nicht umerzogen. Was meinst du, warum wir als Taxi Tod und Teufel firmieren?«

»Ja, genau!«, rief Britta, als wäre ihr soeben eingefallen, was sie schon immer mal hatte fragen wollen. »Das habe ich gemerkt, als Sarah sich am Telefon gemeldet hat. Wie kommt das? Ihr habt doch mit dem Tod gar nichts zu schaffen. Oder bist du nebenbei noch Bestatter oder so?«

Er schüttelte den Kopf und gab ihr ein Zeichen, mit ihm auf die andere Straßenseite zu wechseln. »Nein, das Tod in Taxi Tod und Teufel hat mit dem Tod nichts zu tun. Mein voller Name ist James Arthur Todd. Aber so lange, wie ich jetzt schon hier lebe, habe ich noch keinen Ostfriesen kennengelernt, der in der Lage ist, seinen Akzent abzulegen. Bei jedem kommt ein gedehntes ›Tood‹ über die Lippen, sogar bei Paketboten und auf dem Amt. Darum habe ich beschlossen, die Leute reden zu lassen und aus Taxi Todd und Teufel einfach Taxi Tod und Teufel zu machen. Das ist außerdem einprägsamer.«

»Schlaue Lösung.«

James verzog den Mund. »Eigentlich nur eine Notlösung, denn ehrlich gesagt wäre es mir lieber, wenn man mich mit meinem richtigen Namen ansprechen würde. Aber solange keiner ›Jammes‹ zu mir sagt, kann ich vermutlich noch zufrieden sein, dass ich nur ein langes O ertragen muss.«

»Oh, du Ärmster«, sagte Britta mitfühlend, während sie weitergingen.

Gegen fünf am Abend machten sich Sarah und Asmussen mit dessen Fähre auf den Rückweg nach Palinghuus. Es war bereits ziemlich düster, als Hengsen sie am Hafen abgesetzt hatte, und bis sie am Festland wären, würde es wohl schon richtig dunkel sein. Bei klarem Wetter war es draußen auf dem Meer am Horizont um diese Zeit noch einigermaßen hell, aber nachdem sie am frühen Nachmittag noch Sonne abbekommen hatten, war jetzt eine dichte schwarze Wolkendecke aufgezogen.

»So 'n Mist aber auch«, sagte Sarah, während sie neben Asmussen stand und sich an der Kabinentür festhielt.

»Dass es zappenduster ist?«

»Das auch. Aber ich meine Hoffmann. Auf der Insel gibt es so viele Ferienhäuser, wie sollen wir da irgendwas rausfinden? Und wenn Hoffmann sich in der Kneipe auch noch als Herr Bergmann vorgestellt hat, wird das alles nur noch komplizierter. Wer weiß, unter welchem Namen ihn andere Leuten kennen?«

»Ich frag mich, warum er das überhaupt gemacht hat«, grübelte Asmussen, der das rote und das grüne Licht auf den Molen vor Palinghuus nicht aus den Augen ließ. »Warum hat er nich gesagt, dass er Hoffmann heißt? Ich meine, mir hat er das ja schließlich auch gesagt, als er mich …«

Mitten im Satz brach er ab, daraufhin suchte Sarah die Gegend ab, ob irgendwas auf dem Wasser zu sehen war, das ihn so hatte reagieren lassen. Doch da war nichts.

»Herr Asmussen?«, fragte sie ihn irritiert.

»Ich werd nich mehr!«, brüllte der und schlug sich die flache Hand gegen die Stirn. »Hier, halt mal.« Er verließ die kleine Kabine und schob Sarah hinein, damit sie das Steuer übernahm.

»Was soll das geben?«

»Warte. Und immer schön nach vorn gucken.« Er zog sein Smartphone aus der Tasche und tippte darauf herum, zog den Finger über das Display, dann auf einmal rief er: »Jawoll! Treffer!«

»Jetzt sag nich, dass du irgendwelche Spielchen machst und gerade den Jackpot geknackt hast, während ich dein Boot steuern muss.«

»Ach, Blödsinn. Das is noch viel besser. Ich hab doch die Nummer, von der Hoffmann angerufen hat, um mich zu fragen, ob ich wirklich um kurz nach sieben da sein werde.«

»Das heißt, du hast die Telefonnummer vom Haus?«

»Ja.«

»Hm.«

»Hm?«, wiederholte Asmussen verwundert.

»Ja. Das is die Nummer vom Haus. Aber nich die Nummer vom Vermieter. Das Haus steht jetzt leer, und wir können nich von Haus zu Haus gehen, uns davorstellen und lauschen, ob es drinnen klingelt.« Sie schüttelte den Kopf und zog Asmussen zurück in die Kabine, damit er sich wieder um die Fähre kümmerte. Gleichzeitig nahm sie ihm sein Smartphone aus der Hand und gab die Telefonnummer in die Suchmaschine, die aber nichts auswarf. »Dacht ich mir fast. Der Anschluss is nich eingetragen.« Sie stand da und starrte in die Dunkelheit, die sich über den Strand vor dem Deich gelegt hatte. »Hmm, das is blöd. Außer dem Vermieter muss kein Mensch wissen, welches Haus zu der Nummer gehört. Außer natürlich die Telefongesellschaft, aber da kriegen wir keine Auskunft.«

Schweigend fuhren sie weiter Richtung Hafen, beide überlegten sie, wie sie herausfinden konnten, in welchem Haus Hoffmann gewohnt hatte. Plötzlich knurrte Sarahs Magen so laut, dass sogar Asmussen das mitbekam. »Frau Teufel hat wohl Hunger, wie?«

»Hätt meinem Magen auch früher einfallen können«, beklagte sie sich. »Dann hätt ich bei Jan noch 'nen Happen gegessen.«

»Nach der Lautstärke zu urteilen, hättest du die doppelte Portion Labskaus ohne Probleme verdrücken können«, kommentierte er lachend.

»Am besten bestelle ich eine riesige Pizza mit zwanzig Belägen, dann können wir alle zusammen zu Abend essen und grübeln, wie wir am besten weiter vorgehen sollen.« Sie rief auf dem Smartphone das Telefonverzeichnis auf und suchte die Nummer. »Wo ist denn Tonis Pizza-Taxi?«

»Unter Pizza-Taxi«, antwortete der Fährmann.

»Wieso das?«

»Weil du mein Handy hast, und weil ich keine Pizza bestellen kann, wenn mir irgendwann mal nicht einfallen will, dass der Chef vom Laden Toni heißt.« Er warf ihr einen amüsierten Seitenblick zu. »Du kannst aber ruhig mein Telefon benutzen.« Sarah guckte kurz verdutzt, dann grinste sie zurück.

»Nein, das is unpraktisch«, lehnte sie ab. »Die brauchen meine Nummer, sonst wissen die ni… Jetzt werd ich verrückt! Herr Asmussen, das is es! *Das is es!*«

»Was denn? Was denn?«, rief er erschrocken, als sie sich ihm an den Hals warf und ihm einen schmatzenden Kuss auf die Wange drückte.

»Die Lösung! *Die Lösung* is das!«

»Nu sag schon«, drängte er.

»Bei Tonis Pizzeria hat jeder Kunde seine Kundennummer …«

»Is doch normal, oder?«

»Ja, aber bei Toni is es die Telefonnummer! Unter der Nummer sind alle Daten hinterlegt. Ich hab's selbst gesehen, wie da auf dem Monitor alles auftaucht. Der Name, die komplette Adresse, frühere Bestellungen. Wenn ich ihm die Nummer gebe, kann er mir die Adresse verraten. Wenn wir die Adresse haben, können wir wieder rüberfahren und die tatsächlichen Nachbarn befragen.«

»Hmm«, machte Asmussen.

»Was heißt ›hmm‹?«, fragte Sarah.

»Die Adresse zur Nummer kann er aber nur haben, wenn jemand aus dem Haus mal bei ihm bestellt hat«, gab er zu bedenken.

»Tonis Filiale auf Baltrum ist seit Jahren der einzige Laden, der Pizza und Nudeln liefert«, argumentierte sie. »Du weißt selbst, was von Frühjahr bis Herbst für 'n Kommen und Gehen herrscht. Wie stehen da wohl die Chancen, dass noch nie ein Urlauber aus diesem Haus etwas bei Toni bestellt hat?«

Asmussen rieb sich über die Nase. »Könntest recht haben. Aber meinste, er gibt dir die Adresse einfach so?«

Sarah winkte ab. »Weißt du, wie oft ich schon eingesprungen bin und eine Bestellung abgeliefert hab, nur weil ich grad im Laden war, um Essen für James und mich abzuholen? Ich hab mindestens diese eine Adresse bei ihm gut.«

Asmussen ließ sich ihre Worte durch den Kopf gehen, wohl weil dieser Weg fast zu einfach war, um wahr zu sein. »Aber er liefert doch das Essen nich von Palinghuus aus, sondern von den Zweigstellen auf Baltrum und Norderney, wenn da jemand was bestellt.«

»Richtig, Herr Asmussen, trotzdem gehen die Bestellungen alle in Palinghuus ein und werden von da weitergeleitet. Also sind die Daten ganz sicher zentral gespeichert. Und falls nich, kann er immer noch auf Baltrum nachfragen.«

Der Fährmann nickte verstehend. »Dann ruf ihn an.«

»Nee, da fahr ich gleich hin«, sagte Sarah. »Ich muss Toni persönlich sprechen. Wenn da wieder ein neuer angefangen hat, kennt der mich nich und ich krieg nichts aus ihm raus.«

Asmussen zuckte mit den Schultern, da es keinen Sinn hatte, ihr zu widersprechen. Sie wusste besser, wie sie bei Toni vorgehen musste.

Die beiden Molen kamen in Sichtweite, Sarah sah auf ihre Armbanduhr. »Wir haben gleich halb sechs. Wenn du angelegt hast, fahre ich sofort rüber zur Pizzeria. Das wird 'ne Weile dauern, ich muss schließlich Toni erst mal abpassen, und er muss 'n paar Minuten Zeit für mich finden. Kannst du um sieben bei uns sein? Wir essen zusammen, und anschließend sag ich dir, was ich erfahren hab. Und dann können wir überlegen, was wir als Nächstes unternehmen. Einverstanden?«

»Sieben Uhr geht klar.«

Es war kurz nach halb sieben, als Sarah von Tonis Pizzeria heimkehrte, die ein paar Kilometer entfernt verkehrsgünstig an einem Parkplatz entlang der Landstraße gelegen war. Auf dem riesigen Pappkarton, in dem sich die Pizza befand, balancierte sie noch zwei Salate und vier Tüten mit Pizzabrötchen in verschiedenen Geschmacksrichtungen. Auf dem Weg vom Wagen zur Mühle ging die Haustür auf, Britta kam nach draußen und lief ihr entgegen.

»Komm, ich helfe dir«, rief sie und nahm die Salate und die Brötchen an sich. »Das ist das Mindeste, was ich tun kann, nachdem James darauf bestanden hat, dass er den Tisch deckt.«

»Ja, das macht er gern«, bestätigte Sarah und betrat die Mühle. »Wie war die Führung durch Palinghuus?«

»Schön, wirklich schön. Und sehr interessant«, erwiderte Britta begeistert. »Und dein James ist ein richtiger Schatz, so geduldig und rücksichtsvoll.«

»Na, na, na, Britta. Hört sich ja fast so an, als wärst du eifersüchtig«, sagte Sarah so betont amüsiert, dass nicht das Missverständnis aufkommen konnte, sie würde ihr womöglich einen Vorwurf machen. »Ich wette, dein Mann is mindestens genauso rücksichtsvoll. Nach allem, was du mir von ihm vorgeschwärmt hast, kann das doch gar nich anders sein.«

Sie ging vor Britta in die Küche und hätte beinahe den Pizzakarton fallen lassen, als hinter ihr ein lauter Knall ertönte, dem ein Heulton folgte, der von der Dorfsirene hätte stammen können – nur dass er viel zu laut und viel zu nah war.

Zögerlich drehte Sarah sich um und sah, dass beide Salate und die Brötchentüten auf dem Boden gelandet waren. Wie kaum anders zu erwarten, waren beide Salatschalen aufgeplatzt, der Inhalt hatte sich um Brittas Füße herum verteilt. Zwei Brötchentüten waren aufgerissen, die kleinen Brötchen kullerten in alle Richtungen davon.

Britta stand da und hatte die Hände vors Gesicht geschlagen, während aus ihrem offen stehenden Mund weiter so unablässig das durchdringende Heulen drang, dass es schien, als müsste sie nie Luft holen.

Kapitel 8

»Britta? Was is denn los?«, fragte Sarah und wollte zu ihr eilen, was aber mit Schwierigkeiten verbunden war. Erstens musste sie den Pizzakarton loswerden, zweitens musste sie aufpassen, dass sie nicht in den auf dem Fußboden verteilten Salat mitsamt köstlichem Gorgonzola-Dressing trat.

»Ich wisch das schon auf«, sagte James leise und führte Britta ins Wohnzimmer, dann half er Sarah, mit einem großen Schritt die Bescherung auf dem Fußboden zu überwinden. »Kümmer du dich um Britta.«

»Danke«, gab Sarah zurück und ging zu ihrer in Tränen aufgelösten Freundin, während James einen Satz über den Salat machte und mit Küchentüchern und einer Mülltüte zur Unglücksstelle zurückkehrte.

»Na komm, Britta«, murmelte Sarah und half ihr, sich auf die Couch zu setzen. Dann griff sie nach der Box Kosmetiktücher auf dem Beistelltisch und reichte der Freundin ein paar Tücher, die diese mit einem gequälten

Schluchzen an sich nahm, hinter dem sich vielleicht ein »Danke« verbarg.

Nachdem sie eine Weile abgewartet hatte, fragte sie behutsam: »Würdest du mir verraten, was los is?«

Britta nickte, musste aber ein paar Mal zum Reden ansetzen, ehe sie etwas Verständliches herausbekam. Plötzlich kam James zu ihnen ins Wohnzimmer und stellte Britta ein Glas Wasser hin. Als sie das sah, begann sie erneut laut zu heulen und zu schluchzen, was er nur mit einem Schulterzucken kommentieren konnte, da er keine Ahnung hatte, was um alles in der Welt er verkehrt gemacht haben sollte.

Sarah konnte auch nur den Kopf schütteln, schickte ihm aber ein lautloses Danke für das Glas Wasser, das er mit einem Lächeln entgegennahm. Verdammt, dachte sie unwillkürlich. Warum kann er nicht ein elender Mistkerl sein, von dem ich definitiv nichts mehr wissen will?

Vielleicht weil du dann schon längst das Weite gesucht hättest?, meldete sich die Stimme in ihrem Kopf zu Wort, die sie jetzt nun wirklich nicht gebrauchen konnte.

Verzieh dich, herrschte sie in Gedanken die Stimme an. Ich hab schon genug um die Ohren! Daraufhin herrschte Ruhe.

Nachdem Britta einen Schluck getrunken hatte, sah sie mit geröteten Augen zwischen Sarah und James hin und her, dann sagte sie an ihre Freundin gewandt: »Du hast alles, was ich so gern haben wollte. Einen fürsorglichen, umsichtigen Ehemann, der für mich da ist und in mir nicht bloß jemanden sieht, den er für seine krummen Geschäfte einspannen kann.«

»Britta, was redest du da?«, fragte Sarah verwundert. »Du hast doch von deinem Leben geschwärmt! Wie wunderbar alles is. Wo du überall hinkommst, was ihr euch leisten könnt und so weiter. Ich versteh nich, um was du mich jetzt beneidest.«

»Ach, zum Teufel!«, brummte Britta und winkte ab. »Ich hab euch nur was vorgemacht, weil das so entsetzlich peinlich ist ... so unglaublich demütigend ... weißt du, warum ich hier bin?«

»Weil du was für deine Seele tun willst«, sagte Sarah. »So hab ich's jedenfalls verstanden. Aber ... vielleicht hab ich's nicht richtig kapiert.« Sie sah Britta abwartend an. Egal, was nun kommen würde – der Damm war gebrochen, und Britta würde ganz von selbst mit der Sprache rausrücken.

»Ich bin hergekommen«, begann sie nach einer Weile, »weil du die Einzige von allen Freunden und Verwandten bist, bei der ich mich noch blicken lassen kann.« Sie rieb sich über den Mund, dann wischte sie mit einem weiteren Tuch über die Wangen, um die Tränen zu trocknen. »Henri ist kein erfolgreicher Geschäftsmann, sondern ein ganz raffinierter Betrüger. Es hat damit angefangen, dass er sich einmal von einem anderen Studenten umgerechnet tausend Euro geliehen und ihm versprochen hat, ihm darauf zwanzig Prozent innerhalb von einem Monat an Zinsen zu zahlen. Das hat er dann auch gemacht, und der Student war außer sich vor Freude. Andere Studenten bekamen davon natürlich Wind, und nach kurzer Zeit hatte er ... ich weiß nicht genau ... sagen wir, er hatte zehntausend Euro zur Verfügung, von denen er zweitausend als Zinsen auszahlen musste. Diese Zinsen wollte aber so gut wie niemand haben, sondern er sollte sie zusammen mit dem anderen Geld anlegen.« Sie fuchtelte mit den Händen. »Bei solchen Zinsen wäre man ja auch dumm, wenn man solche Beträge nicht für sich arbeiten lassen würde. Na ja, und das zog immer weitere Kreise, er war dafür in aller Welt unterwegs und kassierte von den Leuten das Geld, das sie anlegen wollten. Immerhin eilte ihm ja sein Ruf voraus.«

»Ein Schneeballsystem«, sagte James. »So was kann lange Zeit gutgehen, weil ja keiner von denen, die dabei mitmachen, auf diese Zinsen verzichten will. Henri hat das Geld gehortet und natürlich angelegt, um selbst von den Zinsen leben zu können. Wenn doch mal einer aussteigt, zahlt Henri ihn aus. Das kann er problemlos machen, weil er ja das Geld von all den anderen Leuten noch hat. Gefährlich wird's nur, wenn auf einmal sehr viele Leute ihr Geld zurückfordern.«

Britta nickte betrübt. »Genau das ist passiert. Aber nicht nur das. Er war schlau genug, hin und wieder eines dieser komplett erfundenen Unternehmen Konkurs gehen zu lassen. Damit waren die Anleger einen Teil ihres Geldes los, manche mehr, manche weniger. Das hat aber niemanden gestört, weil ja immer die irrsinnigen Zinsen lockten …«

»Also eigentlich wie bei Spielsüchtigen«, warf Sarah ein. »Nachdem sie zehntausend Euro verloren haben, freuen sie sich wie ein Kind bei der Bescherung, wenn sie auf einmal tausend Euro gewinnen. Dass sie immer noch neuntausend im Minus sind, kümmert nich.«

»Ja, so muss das wohl gelaufen sein«, entgegnete Britta.

»Und du wusstest nichts davon?«, erkundigte sich Sarah.

Nachdrücklich schüttelte sie den Kopf. »Wie sollte ich auf den Gedanken kommen, dass die Kontoauszüge, die sich überall im Haus stapelten, in Wahrheit Fälschungen waren?«

»Fälschungen?«, fragten Sarah und James gleichzeitig.

»Ja, gefälschte Kontoauszüge, um jeden, der sie einsehen wollte, glauben zu machen, dass da ein Millionenvermögen verwaltet wurde. In Wahrheit war ihm die Kontrolle längst völlig entglitten. Er brauchte immer neue Geldgeber, weil immer wieder Leute ausstiegen, die sich von den scheinbar erwirtschafteten Gewinnen ein Haus oder ein Auto kaufen wollten. Und da die gefälschten Kontoauszüge sich als so überzeugend erwiesen hatten, begann er, andere Unterlagen zu fälschen, um hohe Kredite zu erschleichen, von denen er ganz genau wusste, dass er sie nie würde zurückzahlen können.«

»Und wie bist du dahintergekommen?«, wollte Sarah wissen.

»Ich war ja offiziell bei ihm angestellt, und vor einiger Zeit legte er mir eine angebliche Zusatzvereinbarung zu meinem Arbeitsvertrag zum Unterschreiben hin«, erzählte sie. »Der Text war so wie der Arbeitsvertrag komplett auf Französisch. Ich kann Französisch einigermaßen lesen und verstehen, aber das waren so komplizierte Sätze und so viele mir unbekannte Wörter, dass ich neunzig Prozent davon nicht verstand. Der Rest war zwar verständlich, aber der wollte irgendwie nicht zu einem Arbeitsvertrag passen. Trotzdem machte ich mir keine Sorgen, und eigentlich hätte ich diese Vereinbarung auch bedenkenlos unterschrieben. Ich meine, welcher Mann würde versuchen, seiner Frau ein schriftliches Geständnis unterzujubeln, mit dem sie sich zur Drahtzieherin seines Schneeballsystems erklärt und jedem, der es wissen will, versichert, dass ihr Mann nur ihr Handlanger ist, dem keine andere Wahl blieb, als das zu tun, was sie von ihm verlangte?«

»Was?«

»Ja«, beteuerte Britta. »Er wollte mir die Schuld an allem geben. Stutzig wurde ich erst, als er innerhalb von zwei Tagen gleich fünfmal nachfragte, ob ich die Vereinbarung schon unterschrieben hätte. Dabei wirkte er seltsam nervös. Es war so, als würde ihm die Zeit davonlaufen. Was ja auch der Fall war, was er mir aber nicht gesagt hat.«

»Und dann?«

»Dann bin ich zu einem Übersetzungsbüro gegangen … und von da zuerst zum Scheidungsanwalt und danach zur Polizei. Ich bin nach Hause gefahren, habe das zusammengepackt, mit dem ich hier angekommen bin, und dann bin ich gegangen.« Sie zuckte mit den Schultern. »Als ich das Haus verließ, fuhr gerade die Polizei vor. Ich habe mich gewundert, dass sie so schnell da waren.«

»Wenn dein Mann so nervös war, muss er gewusst haben, was kommen wird«, warf James ein. »Wahrscheinlich saß man überall schon in den Startlöchern, und du hast sie durch deine Aktion zum sofortigen Handeln gezwungen. Das war übrigens gut, dass du dich an die Polizei gewandt hast.«

Britta nickte. »Das sage ich mir ja auch. Ich meine, ich habe ihn ja geliebt, und das würde ich jetzt vermutlich auch noch, aber dass er mir dieses Schreiben unterschieben wollte, um selbst den Kopf aus der Schlinge zu ziehen … das hat mich alles Gute an ihm sofort vergessen lassen.«

»Kann ich verstehen«, pflichtete Sarah ihr leise bei. »Mir is nur noch immer nich klar, wieso du dann zu mir gekommen bist. Ich mein, wir haben uns fast zwanzig Jahre nicht mehr gesehen, da kann ich doch eigentlich nicht die erste Wahl gewesen sein.«

»Du bist die Einzige, bei der ich mich im Moment blicken lassen kann, Sarah«, erklärte sie mit einem flehenden Unterton. »Natürlich habe ich damals allen Leuten davon erzählt, wie erfolgreich Henri ist, und dann kamen meine Eltern, meine Geschwister und alle Freunde und Bekannten und ehemalige Nachbarn an und wollten Geld investieren. Mir gefiel das nicht, aber natürlich wusste ich da ja noch nichts von Henris Machenschaften. Ich wollte nur nicht, dass sie alle auf einmal ohne Geld dastehen, wenn irgendwas Unvorhersehbares geschieht. Dass er allen nur was vormachte, wusste ich da zwar noch nicht, doch ich wusste, wie viel Geld meine Eltern gespart hatten und wie viel sie davon investieren wollten. Das behagte mir einfach nicht. Aber sie ließen sich nicht davon abbringen, und Henri hatte nicht die geringsten Skrupel, dieses Geld anzunehmen und angeblich zu investieren. Jetzt sind sie alle um ihr Geld gebracht worden, und ich kann mich nicht mehr bei ihnen blicken lassen.«

»Und da kommst du ausgerechnet auf mich«, sagte Sarah mehr zu sich selbst.

Britta starrte zerknirscht vor sich hin. »Ich weiß auch nicht, was in mich gefahren war. Ich bin mit knapp tausend Euro von zu Hause weg, hab mir eine Fahrkarte bis Frankfurt gekauft, und da habe ich dann gestanden und überlegt, was ich machen soll. Na ja, und dann kam mir meine damalige beste Freundin in den Sinn. Ich habe im Internet gesucht, dich hier gefunden, und dann habe ich mich auf den Weg gemacht, ohne einen Moment lang darüber nachzudenken, was ich da eigentlich tue.« Sie verzog den Mund und strich sich ein paar Strähnen aus dem Gesicht. »Erst als ich an der Haustür geklingelt habe, wurde mir klar, wo ich war. Ich dachte, du schickst mich bestimmt sofort wieder weg, wenn ich dir die Wahrheit sage. Na ja, du kannst mich jetzt ja immer noch wegschicken.« Nach einer kurzen Pause fügte sie hinzu: »Aber zumindest kannst du jetzt verstehen, wieso ich so neidisch auf dich und James bin. Mein Mann hatte kein Problem damit, mich den Haien zum Fraß vorzuwerfen, und wenn ich nicht stutzig geworden wäre, hätte er das ja auch getan. Ich dachte immer, ich wäre glücklich verheiratet, aber nachdem ich euch beide erlebt habe, weiß ich, dass ihr zwei glücklich verheiratet seid. Ich dagegen war bloß verheiratet. Na ja, ich bin's immer noch, aber das ist nur eine Frage der Zeit.«

Als von Sarah nur ein skeptischer Blick kam, fragte Britta: »Oder findest du, dass ich falsch reagiert habe? Er wollte mir was anhängen, was ich nicht getan habe, Sarah.«

»Ich find überhaupt nich, dass du falsch reagiert hast«, versicherte sie ihrer Freundin. »Das war das einzig Richtige. Vor allem, dass du zur Polizei gegangen bist, nachdem dein Mann dich reinlegen wollte. Dir kann niemand einen Vorwurf machen.«

»Danke«, sagte Britta leise. »Und ich darf neidisch auf euch sein, wenn ich euch beide als glückliches Paar erlebe.«

Sarah sah zu James, der eine Augenbraue hochzog und nickte, als hätte er ihre Gedanken gelesen. Sie lächelte ihm zu, dann wandte sie sich wieder Britta zu: »Weißt du, Britta, normalerweise ist das ja nichts, womit man andere Menschen aufheitern kann … na ja, den einen oder anderen schon … aber meistens bekommt man ein ›Ach, wie schade, das tut mir aber leid‹ zu hören …«

Britta schaute sie verständnislos an. »Tut mir leid, Sarah, aber wovon redest du da gerade?«

Sarah blies frustriert den Atem aus. »Ich rede davon, dass wir beide dir was anvertrauen werden, was du für dich behalten musst. Im Dorf weiß niemand davon, und vorläufig muss auch niemand etwas davon wissen, weil wir sonst endlose Erklärungen abgeben müssen, warum denn dieses is und jenes nich is und überhaupt … Wir sagen es dir auch nur, damit du nicht neidisch auf uns sein musst und damit du auch nicht denkst, dass so was nur dir widerfahren is.«

Ratlos fuhr sich Britta durchs Haar. »Ich weiß wirklich nicht, was …«

»James und ich … wir sind geschieden.«

Bevor sie antworten konnte, klingelte es an der Tür.

Sarah sah zur Uhr. »Sieben. Das ist Asmussen. Er isst mit uns zu Abend.«

»Aber ihr seid doch …«, begann Britta verwundert.

»Britta, das is genau der Punkt«, unterbrach Sarah sie, während James zur Tür ging, um Asmussen reinzulassen. »Ich müsste verdammt viel erklären und rechtfertigen, und dazu fehlen mir die Zeit und die Lust. Wenn das im Dorf einer spitzkriegt, wird uns beiden jeder in den Ohren liegen und uns Ratschläge geben, die wir nich gebrauchen können. Wir hatten unsere Gründe, und mehr sage ich nich dazu. Aber ich wäre gezwungen, mehr zu sagen, weil sonst jeder da draußen anfangen würde zu grübeln und zu spekulieren, und mit jedem weiteren Tag würden noch absurdere Dinge über uns geredet, dass wir irgendwann gezwungen wären, im Wochenblatt eine ganzseitige Anzeige zu schalten, um allen zu erklären, was passiert ist.« Sie sah Britta eindringlich an. »Sei so gut und sag keinem was.«

»Das kann ich dir versprechen«, versicherte Britta ihr. »Aber du musst mir versprechen, dass du auch mit niemandem über meinen kriminellen Noch-Ehemann redest, okay?«

»Du hast mein Wort.«

Da sie alle vier in der Küche saßen und gemeinsam Pizza aßen, blieb es nicht aus, dass sie über den Toten auf

Asmussens Fähre sprachen. Dadurch wurde auch Britta in den Fall eingeweiht, aber auch jetzt versprach sie, nicht über das zu reden, was sie dabei an Fakten zu hören bekam, die in dieser geballten Form niemandem in Palinghuus bekannt waren.

Asmussen war von der Pizza begeistert, fand es aber schade, dass es gar keinen Salat und nur ein paar Pizzabrötchen gab.

»Und, Frau Teufel, hat Pizza-Toni dir die Adresse gegeben?«, fragte der Fährmann schließlich, nachdem er Britta aufmunternd zugezwinkert hatte.

»Ja, war kein Problem«, antwortete Sarah. »Aber ich musste wie gesagt mit dem Chef reden. Die Telefonnummer gehört zu Haus Albers.«

»Albers?« Asmussen machte eine vage Geste. »Müsst ich erst auf 'nem Plan nachsehen, welches das is.«

»Wollt ich schon gemacht haben«, sagte sie, »aber dann hat mich der Salat davon abgehalten.«

»Tut mir leid«, murmelte Britta.

»Britta!«, ermahnten James und Sarah sie gleichzeitig.

»Schon gut, schon gut«, sagte sie und hob kapitulierend die Hände.

Als sie aufgegessen hatten, begann James den Tisch abzuräumen. Eigentlich wollte das ja Britta übernehmen, doch er kam ihr einfach zuvor. Für ihre Freundin war das ein Grund mehr, Sarah einen ratlosen Blick zuzuwerfen, weil sie nicht dahinterkam, was das für ein seltsames Arrangement unter Geschiedenen sein sollte.

Sarah ging nicht darauf ein, sondern holte ihr Tablet und setzte sich wieder an den Esstisch. »Mal sehen … Baltrum … Haus Albers … ah, da is ja was.« Sie tippte auf das Display. »Also … die Vermietung von Haus Albers läuft über eine Agentur … dahinter steckt … ach, sieh an … Hanna Berentz.« Hanna gehörte die kleine

Änderungsschneiderei mit Reinigung am Marktplatz, die sie immer noch betrieb, um ihre Rente ein wenig aufzubessern. Dass sie nebenher noch eine Agentur für Ferienwohnungen unterhielt, hatte Sarah bislang nicht gewusst.

»Dann wird sie ja Hoffmanns Adresse haben«, sagte Asmussen und atmete erleichtert auf.

»Moment mal ...«, murmelte Sarah. »Sie vermittelt nicht nur das Haus, sondern noch sechs weitere. Haus Albers gehört zu einer Gruppe von fünf Häusern, die alle beisammenstehen ... die zwei anderen liegen zwei Straßen entfernt ... und bei einem davon wurde uns die Tür aufgemacht, als wir geklingelt haben.«

»Dann is das Haus halt vermietet«, gab Asmussen unbekümmert zurück.

»Es ist aber frei. Seit sechs Wochen schon, und bis Mitte März ist da auch niemand vorgemerkt«, wandte sie ein.

»Das muss nichts bedeuten«, warf James ein, der für sie alle Kaffee gekocht hatte, den er ihnen jetzt an den Tisch brachte. »Das kann ein Lockangebot sein, um Leuten ein anderes Haus anzudrehen, das sie eigentlich nicht haben wollten. Wenn ein Tourist sich auf der Seite umsieht und sich für das Haus Cheesecake interessiert, wird er sich melden und es mieten wollen. Dann hört er, dass es einen Fehler gab und das Haus Cheesecake belegt ist, aber dass praktisch gleich daneben das Haus Cherry Pie frei ist, das eigentlich genauso schön ist. Damit stehen die Chancen gut, dass er auf das Haus ausweicht, anstatt nach einem anderen Haus zu suchen. Und schwups ist das Haus vermietet, das im Prospekt immer ein Schattendasein führt, weil es ein bisschen ungünstiger liegt oder nicht ganz so groß ist.«

»Ich sag's nich gern«, scherzte Sarah, »aber das klingt einleuchtend.«

James deutete eine Verbeugung an. »Vielen Dank.«

»Dann werd ich jetzt mal Frau Berentz anrufen und sie um Hoffmanns Adresse bitten«, sagte Sarah und griff nach dem Handy, das immer auf dem Tisch bereitlag, falls jemand anrief, der ein Taxi brauchte. Sie tippte die Nummer ein, dann ließ sie es klingeln. Nach einer Weile wurde am anderen Ende abgenommen. »Guten Abend, Frau Berentz, hier is Sarah Teufel ... entschuldigen Sie die späte Störung, aber es geht um einen Ihrer Feriengäste, einen Herrn Hoffmann in Haus Albers ... So? ... Doch ... ähm ... aha ... ja, dann noch einen schönen Abend.« Sie legte auf und sah verwundert in die Runde.

»Was ist?«, fragte James. »Will sie die Adresse nicht herausgeben?«

»Wie sollte sie?«, gab Sarah ironisch zurück. »Momentan ist keines der Häuser vermietet. Einen Herrn Hoffmann kennt sie nich.«

Britta schaute verdutzt drein. »Hat der Mann von der Pizzeria dir das falsche Haus genannt?«

Sarah schüttelte den Kopf. »Nein.« Sie sah Asmussen an.

Der Fährmann verstand ihren Blick sofort. »Ich fahr noch mal rüber nach Baltrum«, verkündete er. »Lust mitzukommen, Britta, 'n büschen frische Luft um die Nasenspitze wehen lassen?«

Die hob sofort abwehrend die Hände. »Nicht heute, danke. Und nicht im Dunkeln.«

»Wollt nur gefragt haben, damit sich hinterher keiner beschweren kann«, sagte er grinsend. An Sarah gewandt fuhr er fort: »Kannst du mir ›nen Block geben? Ich will aufschreiben, welche Häuser das sind.«

»Ich druck dir die Karte aus, das geht schneller«, gab sie zurück und tippte auf ihr Tablet. »James …«

»Bin schon unterwegs«, rief der, als er bereits auf dem Weg zur Treppe war, um den Ausdruck aus dem Arbeitszimmer zu holen.

Sarah kehrte ins Wohnzimmer zurück, um sich zu James und Britta zu setzen. Um ihre Freundin nicht an ihre Probleme mit Henri zu erinnern, hatten sie einen *Herr der Ringe*-Abend ausgerufen, damit sie den drei Liebeskomödien aus dem Weg gehen konnten, die an diesem Samstagabend um die Zuschauergunst wetteiferten. Da Sarah zusammen mit James die Trilogie schon ein paar Mal gesehen hatte, war es ihr egal, dass der Film weitergelaufen war, während sie Asmussens Anruf angenommen hatte.

»War das Asmussen?«, fragte James und hielt nun die DVD an.

»Ja, von den sieben Häusern, die Frau Berentz verwaltet, sind drei momentan eindeutig bewohnt«, berichtete sie. »Es brennt Licht, der Fernseher läuft, und von der Düne aus kann man sehen, dass Leute hin und her gehen. Ein viertes könnte auch noch bewohnt sein. Da brennt zwar kein Licht, aber auf einer Fensterbank stehen irgendwelche Gegenstände rum.«

»Aber diese Frau B… B…«

»Berentz.«

»Ja, Berentz«, sagte Britta. »Die hat dir doch erzählt, dass diese Ferienhäuser nicht vermietet sind.«

»Richtig.«

»Wie passt denn das zusammen?«

»Das darf sie uns morgen früh erklären.«

»Morgen früh?«, fragte James. »Morgen ist Sonntag.«

»Ja, Asmussen und ich werden sie spätestens um halb

acht aus dem Bett klingeln.« Ihr entging nicht der fragende Blick ihres Ex. »Dann is sie gereizt und noch nich ganz wach. In dem Zustand kann man sich schon mal vergessen, und wenn man sich vergisst, können einem Dinge rausrutschen, die man eigentlich für sich behalten wollte.«

Sie setzte sich wieder hin und nickte James zu, der die Fernbedienung im Anschlag hielt, da fragte Britta: »Du meinst, ihr könnte rausrutschen, dass sie diesen Mann umgebracht hat?«

»Was? Nee, nee, das nich. Damit hat sie ganz sicher nichts zu tun.«

»Dann habt ihr also noch immer keinen Verdächtigen?«, hakte Britta nach.

»Wir haben ja auch noch immer kein Motiv«, machte Sarah ihrer Freundin klar. »Wenn wir mehr über ihn wissen und darüber, was er auf Baltrum gemacht hat, können wir sicher besser was dazu sagen, wer ein Interesse daran hatte, ihn zu töten.«

»Und was ist mit Asmussen?«, wollte Britta wissen.

»Was soll mit ihm sein?«

»Ist er auch kein Verdächtiger?«

Sarah zog die Augenbrauen vor Erstaunen hoch. »Asmussen? Auf *seiner* Fähre wurde dieser Mann ermordet, *er* will wissen, wer das war.«

»Ich verstehe schon«, erwiderte ihre Freundin. »Aber woher *weißt* du, dass er es nicht getan hat? Asmussen war mit dem Mann allein auf der Fähre, sie waren im dichten Nebel unterwegs. Niemand konnte sie beobachten, also weiß auch niemand, was auf der Fähre geschehen ist.«

»Ja, aber Asmussen …«

»Nein, nein, nein, Sarah. Wenn ich Polizistin wäre, würde ich mir nur die Frage stellen, ob es Asmussen möglich war, diesen Hoffmann während der Überfahrt umzubringen.« Sie sah Sarah abwartend an. »Kann er es getan haben? Kann er Hoffmann ermordet und den Koffer über Bord geworfen haben, um belastendes Material zu beseitigen?«

Sarah saß da und starrte vor sich hin. Letztlich blieb ihr nichts anderes übrig, als zustimmend zu nicken. Ja, Asmussen könnte Hoffmann umgebracht haben. Warum ... das war eine ganz andere Frage. Aber es war tatsächlich möglich, dass Asmussen sie alle an der Nase herumführte.

Kapitel 9

Die Frage, ob vielleicht Asmussen der Täter war, hatte Sarah die ganze Nacht hindurch in ihren Träumen verfolgt. Und auch jetzt, als sie in ihrem Taxi saß und vor dem bescheidenen Haus von Hanna Berentz auf ihn wartete, ging ihr diese Frage weiterhin durch den Kopf. Welches Motiv könnte Asmussen haben? Hatte er sich an Hoffmann rächen wollen? Hatte er verhindern wollen, dass Hoffmann irgendwelche Beweise gegen ihn an Land bringen konnte? Oder hatte Asmussen herausgefunden, dass Hoffmann mit einem Koffer voller Geld ans Festland wollte? Schmuggler aus Skandinavien, den Niederlanden und England versuchten gern schon mal, sich unter die Touristen auf der Insel zu mischen, um abseits der überwachten Routen auf dem Festland nach Deutschland zu gelangen.

Es lag – zumindest theoretisch – im Bereich des Möglichen, dass er Hoffmann noch im Hafen umgebracht und den Koffer irgendwo deponiert hatte. Um diese Uhrzeit war auf Baltrum sicher nichts los gewesen. Eine verspätete Ankunft ließ sich immer erklären, notfalls damit, dass Hoffmann nicht zur vereinbarten Zeit an der Anlegestelle gewesen war. Der Nebel wäre in dem Fall sicher eine willkommene Hilfe gewesen, hätte ihn doch so erst recht niemand sehen können.

Sarah riss sich zusammen, als sie im Rückspiegel im Lichtschein der Straßenlaterne ein Stück weit hinter ihrem Wagen sah, dass Asmussen zu Fuß zum Haus kam. Es war nichts Außergewöhnliches daran, schließlich musste man nicht allzu zügig gehen und konnte trotzdem das Dorf innerhalb von zehn Minuten durchqueren. Dass sie dennoch ihr Taxi genommen hatte, lag daran, dass sie in der Kälte nicht auf der Straße auf Asmussen hatte warten wollen.

Kalter Wind schlug ihr entgegen, als sie die Tür öffnete.

»Moin, Frau Teufel«, begrüßte der Fährmann sie, während sie aus dem Taxi ausstieg.

»Moin, Herr Asmussen«, erwiderte sie. »Alles bereit?«

»Jo.«

»Gut. Dann wollen wir mal.«

Sie überquerten die Straße, wobei Sarah deutlich mehr Schwung erkennen ließ als der Fährmann, öffneten das Tor im Gartenzaun und betraten das Grundstück von Frau Berentz. Das reetgedeckte Haus hatte wirklich schon bessere Zeiten gesehen. An verschiedenen Stellen war der Putz runtergekommen, und so klafften etliche Löcher in der Fassade. Als Sarah klingelte, ertönte von drinnen energisches Bellen, das von ihrem Rauhaardackel Prince Charles stammte. Weiter geschah nichts. Sie klingelte erneut, jetzt aber mehrere Male hintereinander, damit die Frau das Läuten nicht überhören konnte.

Prince Charles bellte und bellte, dann auf einmal

wurde er ruhig. Eine leise Stimme war zu hören, und nach ein paar Sekunden, die dem prüfenden Blick durch den Spion gegolten haben durften, ging die Tür endlich auf.

Hanna Berentz stand im Morgenmantel da und sah ihre Besucher mit zusammengekniffenen Augen an. »Frau Teufel? Herr Asmussen? Was tun Sie denn hier? Is was passiert?«

»Guten Morgen, Frau Berentz«, sagte Sarah in aufgeregtem Tonfall. »Tut mir leid, wenn wir Sie so überfallen, aber wir sind hier, um mit Ihnen nach Aurich zur Polizei zu fahren, damit Sie Anzeige erstatten können wegen Hausfriedensbruch.«

»Bitte? Was reden Sie da?«

»Sehen Sie, dieser Herr Hoffmann hatte sich offenbar ohne Ihr Wissen Zutritt zu Haus Albers verschafft. Herr Asmussen kann das bestätigen …«

»Das is die Nummer, von der aus er mich angerufen hat«, fiel er auf sein Stichwort hin ein und hielt der älteren Frau sein Smartphone hin. »Das is doch die Nummer von Haus Albers, nich?«

Hanna Berentz sah gar nicht auf das Display, sondern erwiderte: »Nein, da irren Sie sich, Herr Asmussen.«

»Hören Sie, Sie müssen unbedingt zur Polizei, Frau Berentz«, redete Sarah wieder auf sie ein. »Gestern Abend haben sich in mindestens drei der Häuser Leute aufgehalten. Jemand auf Baltrum muss sich Nachschlüssel beschafft haben, um da Gäste einzuquartieren, von denen Sie nichts wissen.«

»Ach, reden Sie doch keinen Unsinn«, fuhr die ältere Frau sie an. »Niemand auf der Insel hat einen Nachschlüssel von irgendeinem der Häuser. Sie haben sich im Haus geirrt, das ist alles.«

»Frau Berentz, wenn Sie nicht mitkommen, fahren

wir allein zur Polizei«, erklärte Sarah ihr mit besorgter Miene und fuhr im passenden Tonfall fort: »So etwas kann ich nicht für mich behalten. Wären das meine Häuser, wär ich heilfroh, wenn jemand das melden würde. Überlegen Sie mal, wenn die in den Häusern alles verwüsten, was die Versicherung den Eigentümern erzählen wird, wenn die den Schaden ersetzt bekommen wollen. Dann sind die Verursacher über alle Berge, und was dann?« Sie sah Hanna Berentz eindringlich an. »Können Sie so was verantworten? Wollen Sie Ihren Auftraggebern erzählen, dass Sie davon wussten, sich aber nicht drum gekümmert haben?«

Die ältere Frau sah aufgebracht zwischen Sarah und dem Fährmann hin und her. Sie wusste, sie stand mit dem Rücken zur Wand, und es gab nichts, was sie dagegen tun konnte. Sie kochte vor Wut, während sie mit versteinerter Miene dastand.

»Ich ziehe mich nur um«, entgegnete sie schließlich in frostigem Tonfall. »Ich bin gleich wieder da.« Dann machte sie die Tür zu.

»Ich hoffe, sie ruft jetzt nich in den Häusern an, um die Leute wegzuschicken«, sagte Asmussen, als sie bereits fast zehn Minuten in der Kälte warteten.

»Das wird ihr jetzt nicht weiterhelfen«, versicherte Sarah ihm. »Wir haben den Beweis, dass Hoffmann aus Haus Albers angerufen hat, also hat sich dort jemand aufgehalten. Und wenn die Polizei die Ermittlungen aufnimmt, wird sie auf der Insel auf jeden Fall Leute finden, die bestätigen können, dass auch in den anderen Häusern jemand war.« Sie zog den Kopf ein, damit der Kragen ihrer Jacke ihren Hals besser wärmte.

Schließlich wurde die Tür wieder geöffnet, die ältere Frau stand mit einem bequemen Hausanzug bekleidet da und sah sie beide an. »Kommen Sie rein«, forderte sie

sie auf und machte einen Schritt zur Seite, um sie ins Haus zu lassen. Prince Charles saß an der Tür zum Wohnzimmer und beobachtete die Besucher aufmerksam.

Das Haus wirkte von außen schon recht klein, aber im Inneren war es regelrecht erdrückend. Nicht nur, weil die Fenster so winzig waren, dass sie wohl auch am helllichten Tag kaum Sonnenschein nach drinnen ließen. Es war auch jeder Winkel und jede Ecke mit kleinen Kommoden und Tischen vollgestellt, auf denen sich Bilderrahmen, Vasen, Glas- und Porzellanfiguren drängten. Dazwischen war jeder noch verbliebene Raum mit Pillendosen, Fingerhüten und anderem Kleinkram aufgefüllt worden, sodass nicht mal mehr Platz für eine Stecknadel war. Die Wände waren mit Bilderrahmen in allen erdenklichen Größen vollgehängt worden – vom röhrenden Hirsch auf der Waldlichtung bis hin zu Miniaturporträts auf Pfennig- oder Cent-Stücken: Die Motive waren so unterschiedlich wie die Rahmen der einzelnen Bilder, und das galt auch für ihre Qualität, die von meisterlich bis stümperhaft reichte. Dazwischen fanden sich auch gerahmte Fotos, von denen manche wahre Kunstwerke waren, während andere in einem Automaten für Passfotos entstanden zu sein schienen.

Hanna ging an ihnen vorbei und setzte sich in einen Sessel, von dem fast nichts mehr zu sehen war, da er mit etlichen selbst gehäkelten Deckchen belegt war. Immer noch musterte sie ihre beiden Besucher mit einem Gesichtsausdruck, der für ein schlechtes Gewissen bei gleichzeitiger Verärgerung sprach.

»Also gut, bringen wir's hinter uns«, begann Hanna, gerade als Prince Charles ins Zimmer geeilt kam, auf die Couch sprang und in Sarahs Ärmel biss, um sie zu sich zu ziehen.

Sie kam der wortlosen Aufforderung des Vierbeiners nach und setzte sich zu ihm, woraufhin sich der Hund prompt auf ihren Schoß legte.

»Was wollen Sie wissen?«, fragte die ältere Frau.

»Sehen Sie, Frau Berentz, Herr Hoffmann is während der Fahrt von Baltrum nach Palinghuus verstorben. Sein Gepäck ging bei der Überfahrt über Bord, sein Handy ebenfalls, und wir haben keine Ahnung, ob es irgendwo Verwandte gibt, die davon in Kenntnis gesetzt werden müssen.«

Die Frau saß da und starrte auf den Tisch. Sie schien immer noch zu überlegen, ob sie ihnen antworten sollte oder nicht.

»Frau Berentz, wäre es Ihnen lieber, wenn die Polizei Ihnen diese Fragen stellt und Ihre Antworten zu Protokoll nimmt?«, fragte Sarah in einem ganz normalen Tonfall, weil sie die Frau nicht unter Druck setzen wollte. In dem Fall könnte es nämlich passieren, dass sie in letzter Sekunde doch noch mauerte. Das würde bedeuten, dass sie wertvolle Zeit verloren, die der Täter nutzen konnte, um eventuell vorhandene Beweise verschwinden zu lassen und sich abzusetzen.

»Herr Hoffmann hat bis Freitagmorgen in Haus Albers gewohnt«, sagte Hanna schließlich. »Aber ich habe von ihm nur eine Telefonnummer und seine Hausanschrift.«

»Die Telefonnummer könnte uns weiterhelfen«, meinte Asmussen. »Wenn's nich die von seinem Handy ist.«

»Und wir müssten wissen, wer in den anderen Häusern gewohnt hat, als Herr Hoffmann am Freitag ums Leben kam«, ergänzte Sarah.

Hanna drehte den Kopf ruckartig in ihre Richtung. »Ich wüsste nicht, was Sie das angeht.«

Sarah räusperte sich und erklärte mit einem Unterton, der keinen Zweifel daran ließ, dass sie das Ganze nicht auf die leichte Schulter nahm: »Frau Berentz, es is offensichtlich, dass Sie die Ferienhäuser auf eigene Faust an Urlauber vermieten, während Sie den Eigentümern, die weiß Gott wo wohnen, erzählen, dass sich im Winter kein Mensch hierher verirrt. Die nehmen Ihnen das ab, weil sie irgendwo im sonnigen Süden sitzen und sich nicht vorstellen können, dass auch nur ein Mensch im Winter am Meer sein will. Sie kassieren Miete, die vermutlich unter dem liegt, was die Ferienwohnungen eigentlich kosten würden. Die Eigentümer, die darauf vertrauen, dass Sie ordentlich arbeiten, werden monatelang um ihre Einnahmen gebracht, und Sie stecken das Geld ein, ohne es zu versteuern. Und die Gäste glauben, dass hier alles mit rechten Dingen zugeht.«

»Ich geb Ihnen die Namen der anderen Gäste und der Häuser, in denen sie untergebracht sind«, entgegnete Hanna.

Dass sie es so klingen ließ, als würde sie das nur aus Gefälligkeit tun, kümmerte Sarah in diesem Moment nicht. Das Einzige, was ihr durch den Kopf ging, war die Tatsache, dass sie Hanna Berentz immer für eine ehrliche Haut gehalten hatte. Dabei war das Gegenteil der Fall.

Andererseits hielten die Leute ja auch Sarah für eine glücklich verheiratete Frau, dabei war sie in Wahrheit weder glücklich noch verheiratet. So leicht kann man sich vom äußeren Schein täuschen lassen, überlegte sie.

»Aber Sie müssen mir im Gegenzug garantieren, dass Sie mich nich anschwärzen«, verlangte Hanna.

Sarah nickte sofort zustimmend. »Das muss ich gar nich. Früher oder später wird das ohnehin auffallen.« Auf den verdutzten Blick ihres Gegenübers hin fügte sie an: »Ich weiß nich, wie lange Sie das Spiel schon treiben, aber es braucht nur einer der Gäste so unglücklich hinzufallen, dass der Rettungswagen kommen muss. Dann is ganz offiziell belegt, dass das Haus zu einem Zeitpunkt genutzt wurde, an dem es eigentlich leer stehen müsste. Das zieht 'nen Rattenschwanz an Fragen nach sich, und alle möglichen Dienststellen werden davon erfahren. Spätestens dann fallen Sie sowieso auf.« Sie zuckte mit den Schultern, als würde es sie nicht berühren. »Billiger wird's natürlich«, redete sie dann noch weiter, »wenn Sie sich in nächster Zeit selbst anzeigen.«

Hanna schluckte. Sie schien mit den Tränen zu kämpfen, dann riss sie sich zusammen und erwiderte schnippisch: »Lassen Sie das mal meine Sorge sein.« Sie ging zu einem kleinen Sekretär, schloss auf, nahm einen Zettel heraus und notierte etwas. Mit dem Zettel kam sie zu Sarah zurück. »Das sind die Namen und die dazugehörigen Häuser, und ich habe Ihnen auch dazugeschrieben, von wann bis wann die Gäste jeweils gebucht haben.«

»Oder auch nicht gebucht haben«, gab Sarah zurück und nahm mit einem knappen Nicken den Zettel entgegen. »Danke.«

»Das hier is der Schlüssel zu Herrn Hoffmanns Unterkunft«, redete sie weiter und drückte Sarah einen Schlüsselbund in die Hand. »Ich konnte bislang noch nicht rüber, um nachzusehen, ob alles in Ordnung is. Es ist wohl nich zu viel verlangt, wenn Sie einmal ins Haus gehen und nach dem Rechten sehen, oder? Das dürfte sogar in Ihrem Sinne sein, vielleicht hat Herr Hoffmann ja irgendwas vergessen, das Ihnen bei Ihren Bemühungen weiterhilft.«

Sarah sah erstaunt auf den Schlüsselbund, doch bevor sie etwas sagen konnte, erklärte Hanna Berentz nach einem demonstrativen Blick zur Wanduhr, die kurz nach acht anzeigte: »Ich würde dann jetzt gern frühstücken.«

Der Wink mit dem Zaunpfahl war für Sarah und Asmussen deutlich genug, und es sah sogar so aus, als hätte Prince Charles die Worte seines Frauchens ebenfalls richtig gedeutet, da er aufstand und von Sarahs Schoß zurück auf die Couch wechselte.

»Warst ja ordentlich geladen«, stellte Asmussen fest, als sie die Straße überquerten.

»Ich weiß. Tut mir leid, wenn ich so … aufbrausend rübergekommen bin. Aber ich mag's nun mal nicht, wenn man sich auf Kosten anderer bereichert.«

Der Fährmann zuckte mit den Schultern. »Also, ich mein, das kann mir auch schon passiert sein, dass ich mal einen Passagier hab mitfahren lassen, der mir 'nen Zehner so in die Hand gedrückt hat.«

»Das is was anderes, Herr Asmussen«, widersprach sie ihm. »Du verkaufst nicht deinen Passagieren gefälschte Fahrkarten und was weiß ich noch alles. Was Frau Berentz macht, is systematischer Betrug, und zwar an allen Beteiligten. Offiziell sind die Häuser nich belegt, aber sie quartiert Leute ein, die Strom und Wasser verbrauchen, die heizen müssen, weil es zu kalt ist, alles zu Lasten der Eigentümer, die nich wissen, was hier wirklich läuft. Die Gäste glauben, alles is in Ordnung, aber mich würde interessieren, was die Haftpflichtversicherung sagt, wenn einem von den Gästen eine Schranktür auf den Kopf fällt, weil die Scharniere den Geist aufgegeben haben. Einem Gast, *der gar nich da sein dürfte.* Wenn die Leute Pech haben, sieht sich die Versicherung nich zuständig. Oder sie zahlen und holen sich ihr Geld von den Hauseigentümern zurück, die natürlich keine Erklärung dafür haben, wie sich jemand verletzen kann, der gar nich im Haus sein dürfte.«

»Dann hat sie wohl bislang Glück gehabt«, meinte

Asmussen. »Bestimmt will sie nur ihre Rente ›n büschen aufbessern.«

»Kann man auch auf legale Weise machen«, hielt Sarah dagegen.

»Na ja, Frau Teufel, das ma…«

»Nein, Herr Asmussen, es macht eben *nich* jeder«, unterbrach sie ihn.

Asmussen schwieg, bis sie an ihrem Wagen angekommen waren. »Und nu?«

»Nu? Nu fahren wir rüber und fragen bei den Gästen in den anderen Häusern nach, was sie uns über unseren Toten sagen können.«

»Gute Idee. Bis wir da sind, is halb oder Viertel vor neun. Heut is Sonntag. Da sitzen die alle noch beim Frühstück.« Er durchsuchte die Tasche seiner dicken Jacke. »Oh. Der Schlüssel für die Fähre liegt noch zu Hause. Ich geh grad rüber. Treffen wir uns am Hafen?«

»Ich kann auch hier warten, bis du zurück bist«, schlug sie vor. »Ich würd dich ja rumfahren, aber da muss ich so 'nen riesigen Umweg nehmen …«

»Is schon okay. Ich komm wieder her, dauert ja nur 'n paar Minuten.«

Natürlich hätte sie Asmussen nach Hause fahren können, ganz so wild war der Umweg nun auch wieder nicht. Aber im Moment brauchte sie ein paar Minuten für sich, um ihre Gedanken zu ordnen.

Als sie im Wagen saß, ließ sie den Kopf gegen das Lenkrad sinken und schloss die Augen. Ja, vielleicht hatte sie Hanna Berentz etwas grob angepackt, aber …

Aber du hast auch jedes Recht dazu, meldete sich die Stimme in ihrem Kopf zu Wort.

Ja, das hatte sie allerdings. Immerhin war das Finanzamt bei ihr mit einer Gründlichkeit vorgegangen, die sie ihrem ärgsten Feind nicht wünschte … vielleicht nicht mal Frau Berentz, auch wenn diese zumindest eine kleine Kostprobe davon verdient hätte.

Dabei hatte alles so gut angefangen. Sie hatte sich Hals über Kopf in James verliebt, ihm war es nicht anders ergangen. Sie hatten geheiratet, er hatte seine Firma in den USA verkauft und von diesem Geld zum einen die Werkstatt hier in Palinghuus und zum anderen die alte Windmühle gekauft. Einen Teil hatte er noch in die Werkstatt stecken müssen, um sie technisch aus den Achtzigern ins neue Jahrtausend zu holen. Den größten Teil hatte dann aber der Um- und Ausbau der Windmühle verschlungen. Immerhin hatten sie gemeinsam den Plan für den Innenausbau entworfen und damit einen teuren Architekten gespart. Genauso hatten sie in gemeinsamer Arbeit diesen Ausbau bewältigt, immer wieder mal von Freunden und Nachbarn unterstützt. Am Ende dieser Anstrengungen hatte dann das Zuhause gestanden, das genau ihren Vorstellungen entsprach.

James führte mit Erfolg die Werkstatt, was zum Teil auch damit zusammenhing, dass er als Kenner von US-Fahrzeugen die Kundschaft aus der Umgebung bekam, die sonst mit ihren Oldtimern mindestens bis nach Hamburg hätte fahren müssen. Da er sich auch auf Restaurationen verstand, war er besonders gut im Geschäft, weil immer wieder Oldtimer-Fans zu ihm kamen, damit er ihren alten Straßenkreuzer aus den Sechzigern oder Siebzigern restaurierte. Regelmäßig standen mindestens zwei dieser gigantischen Schlachtschiffe in einer Nebenhalle, wo er sich um sie kümmerte, wann immer er Zeit dafür fand.

Sie liebte es, Taxi zu fahren, weil sie so den ganzen Tag über mit allen möglichen Leuten zu tun hatte. Und vor allem liebte sie das Checker Cab, mit dem James über den Atlantik gekommen war. Es war so ganz anders als übliche Taxis – so völlig anders, dass es fast nicht für den Taxibetrieb in Deutschland zugelassen worden wäre. Zum Glück wussten aber einige Regional-politiker und auch ein paar Prominente den Wiederer-kennungswert dieses speziellen Taxis zu schätzen, so-dass sie sich dafür eingesetzt hatten, es in ein Werbelogo für die Region Palinghuus und Umland einzubeziehen. Und damit war der zuständigen Behörde keine andere Wahl geblieben, als das Spiel mitzuspielen und ihren Wagen zuzulassen.

Eine Weile hatten sie beide dieses Leben und ihr au-ßergewöhnliches Zuhause genießen können, bis das Fi-nanzamt auf die großartige Idee gekommen war, die Un-terlagen der Werkstatt und des Taxibetriebs zu prüfen – mit verheerenden Folgen für sie beide. Wie sich bei der Prüfung herausstellte, fehlten fast alle wichtigen Belege. James hatte ihr für die Reparaturen und Wartungsarbei-ten am Taxi nie eine Rechnung geschrieben, sie hatte ihm nie Geld dafür gegeben. Die Einnahmen aus beiden Fir-men waren in einen Topf geworfen worden, ohne jemals die Beträge getrennt zu dokumentieren. Während man bei Sarah die Einnahmen schätzte – natürlich viel zu hoch, was sie aber nicht widerlegen konnte, da nie ein Tachostand notiert worden war – und ihnen so gut wie keine Ausgaben gegenüberstellte, da sie nicht eine einzi-ge Werkstattrechnung vorweisen konnte, wurden James' Einnahmen auf der Basis der beschafften Ersatzteile hochgerechnet. Dazu gehörten auch die Reparaturen des Taxis, die er sich zwar nie hatte bezahlen lassen, damit bei den Prüfern aber auf taube Ohren stieß. Außerdem wurde auf die Summe noch ein «kleines» Extra aufge-schlagen, weil man bei einem typischen Betrieb dieser Art davon ausgehen konnte, dass viele Arbeiten ohne Ersatzteile auskamen, wenn nur etwa Korrekturen an den Einstellungen vorgenommen werden mussten. Als wäre das alles noch nicht genug, ritten sie sich nichtsahnend noch tiefer ins Verderben, als Sarah erklärte, dass James schon mal für sie eingesprungen sei und einen Fahrgast zum Bahnhof gebracht habe. Da James auf Nachfrage ebenfalls arglos bestätigte, dass seine Frau ihm vor allem in der Zeit schon mal ausgeholfen hatte, wenn mal wieder der Wechsel von Sommer- auf Winterreifen fällig wurde, stand für die netten Finanzbeamten fest, dass auf beiden Seiten Sozialabgaben für die jeweilige Aushilfe hinterzogen worden waren.

Am Ende hatte für sie beide eine beträchtliche Nachzahlung auf den neuen Bescheiden gestanden. Eine Nachzahlung, die sie noch für lange Zeit in Atem halten würde.

In einem Anfall von … sie wusste selbst nicht so recht, was es gewesen war, das sie zur Scheidung getrieben hatte. Sie hatte immer gedacht, dass es Wut und Enttäuschung gewesen war, weil James ihr so etwas eingebrockt hatte. Aber seit einer Weile geisterte ihr die Frage durch den Kopf, ob es nicht bloß Panik gewesen war. Panik vor den unabsehbaren Folgen dieser Nachlässigkeit, die sie nicht zu verantworten hatte … und die sie dennoch zu verantworten hatte, schließlich hatte sie sämtliche Formulare unterschrieben, die von ihr unterschrieben werden mussten. Sie hatte sich darauf verlassen, dass ein Amerikaner das deutsche Steuersystem durchschaute, obwohl die meisten deutschen Steuerzahler nicht dazu in der Lage waren. Sie hatte geglaubt, dass er schon wusste, was er da tat – aber eigentlich hatte sie mehr daran glauben *wollen,* als es wirklich zu glauben, weil sie keine Lust gehabt hatte, sich selbst mit der Materie zu befassen. Weil sie schlicht zu bequem gewesen war.

Die Scheidung war noch nicht rechtskräftig, da folgte der nächste Schlag. Irgendeine von den zig Behörden, die für nichts zuständig waren, wenn man sie fragte, die aber für alles zuständig waren, wenn sie selbst etwas von einem wollten, schickte ihnen einen Bescheid, durch den die Windmühle rückwirkend zu einem denkmalgeschützten Bauwerk erklärt wurde. Damit verbunden war die Aufforderung, alles in den Originalzustand zu versetzen. Gleichzeitig wurde ein beängstigend hohes Bußgeld verhängt, das sie wegen der unrechtmäßig vorgenommenen baulichen Veränderungen an einem denkmalgeschützten Gebäude zahlen sollten, obwohl der Denkmalschutz eigentlich zu jenem Zeitpunkt noch gar nicht bestanden hatte. Um nicht ihr Zuhause und sämtliches Hab und Gut zu verlieren, hatten sie sich einen Anwalt nehmen müssen, der für sie den Widerspruch eingelegt hatte und sämtlichen Schriftverkehr erledigte – und in viel zu regelmäßigen Abständen viel zu hohe Rechnungen schickte, die auch noch bezahlt werden mussten.

Der Anwalt war zwar zuversichtlich, diesen nicht nachvollziehbaren Verwaltungsakt rückgängig machen zu können, doch er hatte sie von Anfang an gewarnt, dass sich das Verfahren in die Länge ziehen würde. Aus Erfahrung wusste er, wie ungern eine Behörde einen Fehler zugab, weshalb man solche Fälle immer weiter vor sich herschob und hoffte, den längeren Atem zu haben.

Zwei Jahre waren seitdem vergangen.

Zwei Jahre, in denen sie jeden Cent dreimal hatten umdrehen müssen, um über die Runden zu kommen.

Zwei Jahre, die sie jetzt geschieden waren, ohne dass sich an ihrer Wohnsituation etwas geändert hätte.

Zwei Jahre, in denen keiner von ihnen das Geld für einen eigenen Haushalt hatte aufbringen können.

Zwei Jahre, in deren Verlauf sich gezeigt hatte, dass die Scheidung für keinen von ihnen irgendeinen Nutzen gebracht hatte. Sie schuldeten die Steuern gemeinsam, sie mussten gemeinsam darauf warten, wie über den Widerspruch gegen die diversen Bescheide entschieden wurde. Sollte die Mühle tatsächlich rückwirkend zum Denkmal erklärt werden können, hätten sie gemeinsam alle damit verbundenen Kosten am Hals. Deren Begleichung würde sie beide noch auf Jahre hinaus beschäftigen, ob sie nun geschieden waren oder nicht. Keiner von ihnen würde dann jemals ausziehen können, weil es sich keiner von ihnen würde leisten können.

Von allen Ausgaben hätten sie sich die für die Scheidung noch am ehesten sparen können, weil sich durch sie rein gar nichts geändert hatte. Sie …

Sie vergaß ihren Gedankengang und zuckte vor Schreck zusammen, als jemand mit der flachen Hand gegen die Seitenscheibe auf der Beifahrerseite schlug …

Kapitel 10

Erschrocken drehte sie sich zur Seite und sah Asmussen, der neben dem Wagen stand. Sie entriegelte die hintere Tür, er stieg ein und setzte sich auf die Rückbank. »Hast du geträumt?«, fragte er.

»Ich musste nur an was denken«, sagte sie und ließ den Motor an. Gerade wollte sie losfahren, da ging eine SMS ein.

Erfolg gehabt?, wollte James wissen.

Vielleicht. Asmussen und ich sehen uns im Ferienhaus um, schrieb sie zurück.

Kann ich mitkommen?

Sie stutzte. Der Sonntag war eigentlich der Tag, an dem er in der Mühle die Arbeiten erledigte, zu denen er in der Woche nicht kam. *Klar.*

Ich komme zum Hafen.

Okay. Sie steckte das Handy ein. »James kommt auch mit.«

»Gut. Sechs Augen sehen mehr als vier.«

Sie fuhr los, worauf sich Wackel-Elvis mit der Weisheit »Die Liebe ist keine Seifenblase« zu Wort meldete.

»Wie hat er denn das gemeint?«, wunderte sich Asmussen.

»Frag mich nich«, erwiderte Sarah. »Manchmal mein ich, das könnt einen Sinn ergeben, aber dann kommt so was wie gerade eben.«

Minuten später erreichten sie das Hafengebiet. James stand mit seinem Abschleppwagen bereits da, wo Asmussens Fähre festgemacht war. Sein Atem trieb in der kalten Luft in kleinen weißen Wolken davon. Sarah stellte ihr Taxi hinter dem Laster ab, dann stiegen sie und Asmussen aus.

»Wolltest du nicht diese wackelnde Stufe austauschen?«, fragte sie zur Begrüßung.

»Eigentlich schon«, antwortete er seufzend. »Aber deine Freundin schläft noch, und ich wollte sie nicht unbedingt aufwecken.«

»Oh, Britta hatte ich schon fast vergessen«, murmelte sie und schüttelte ungläubig den Kopf. »Ist jedenfalls nett von dir, dass du stattdessen mitkommst.«

»That's me«, kommentierte er grinsend.

Sie seufzte tonlos, weil sie nicht wollte, dass er es hörte. Ja, so war er wirklich nun mal.

Auf der Fähre war Asmussen damit beschäftigt, den Motor zu starten, was Sarah nutzte, um ihrem Ex davon zu berichten, was sie von Hanna Berentz erfahren hatten.

Er nickte und merkte an: »Ich nehme an, dass du dir das nicht mit Freuden angehört hast.«

»Das nimmst du richtig an«, erwiderte sie und setzte sich auf die Bank, während James gegenüber Platz nahm. »Ich mein, du hast unbeabsichtigt einen Fehler gemacht, und dafür würgt man uns eine solche Nachzahlung rein, und diese Frau sitzt da und betrügt systematisch jeden, auch die Leute, die darauf vertrauen, dass sie von ihr nicht ausgenommen werden. Ich glaub, das ärgert dich genauso wie mich.«

»O ja, sehr sogar. Wirst du etwas unternehmen?«

Sie zuckte unschlüssig mit den Schultern. »Sie hat mir zwar die Namen und alles Übrige unter der Bedingung gegeben, dass ich mein Wissen für mich behalte, aber streng genommen habe ich nie eingewilligt. Mal abwarten, was sich noch ergibt. Wenn sie allerdings den Gästen auch noch mehr Geld abnimmt, als sie regulär bezahlen müssten, is der Ofen aus.«

Sie ließ sich gegen die Rückenlehne sinken und sah James an, dankbar dafür, dass er verstand, was in ihr vor sich ging.

Es wurde allmählich hell, als sie gegen Viertel vor neun Baltrum erreichten. Da regulär um diese Zeit keine Fähre unterwegs war, wartete auch kein Kutscher auf Kundschaft. Damit blieb ihnen nichts anderes übrig, als den Weg zu Hoffmanns Ferienhaus zu Fuß zurückzulegen. Sie hätten zwar eine Kutsche telefonisch anfordern können, doch bis sich jemand auf den Weg zu ihnen gemacht hätte, wären sie wahrscheinlich längst an ihrem Ziel angekommen.

Der Wind fegte über die Insel, aber wenigstens brachte er keinen Regen mit. In einzelnen Häusern brannte bereits Licht, doch die meisten Bewohner und Gäste schliefen noch, was für einen Sonntagmorgen im Winter normal war. Hellwach waren nur die Möwen und die Krähen, die ihnen auf dem Weg sowie rechts und links davon mit sicherem Abstand vom Hafen an folgten, da sie offenbar darauf lauerten, dass irgendetwas Essbares für sie abfiel. Die Möwen waren nur fünf bis sechs Meter von ihnen entfernt, die Krähen wiederum hielten sich ein paar Meter hinter den Möwen auf. Das Ganze wirkte wie eine skurrile Prozession, denn da die drei Menschen nicht allzu zügig gingen, liefen die Vögel hinter ihnen. Das war kräfteschonender, als immer wieder ein Stück weit zu fliegen, weil sie dann auch gegen den Wind hätten ankämpfen müssen.

Schließlich standen die drei vor Haus Albers, einem der größeren Häuser mit erstem Stock und Dachgeschoss. Es handelte sich um einen Backsteinbau jüngeren Datums, dahinter lagen vier der sechs anderen Häuser, die von Hanna Berentz auf ihre ganz eigene Weise an Feriengäste vermietet wurden. Drei der Häuser waren derzeit auch noch belegt, und wenn die Angaben zu den Gästen stimmten, konnten diese gut zwei Wochen lang mit Hoffmann zu tun gehabt haben. Die beiden anderen Häuser lagen zu weit entfernt, da würde es wohl kaum etwas bringen, sich nach dem Mordopfer zu erkundigen.

»Also dann«, sagte Sarah und sah auf ihr Smartphone, auf dem die Landkarte von Baltrum angezeigt wurde. »In Haus Jannings da links is ›ne Frau namens Dr. Isabelle Langfeld einquartiert. Dahinter das Haus Dietrich beherbergt ein älteres Ehepaar, Karin und Andreas Miesbach, in Haus Rühmann wohnt Jakob Jäger, und da ganz rechts in Haus Werner hätten wir noch die Familie Herzog.«

»Teilen wir uns auf?«, fragte Asmussen. »Oder ziehen wir als Heilige Drei Könige von Tür zu Tür?«

»Wir bleiben zusammen«, entschied Sarah kurz entschlossen. »Wir werden den Leuten sagen, dass wir von der Gemeindeverwaltung losgeschickt worden sind, weil Hoffmann auf der Rückfahrt verstorben is und der Bestatter keine Ahnung hat, wohin er den Toten bringen soll. Wir wollen nur fragen, ob sie mit Hoffmann gesprochen haben und sich an irgendwas erinnern können, was uns womöglich weiterhilft.«

»Das machen wir an einem Sonntagmorgen?«, stellte James die Frage, die am ehesten von Hoffmanns Nachbarn kommen würde.

»Ja, wir haben uns den Zeitpunkt ausgesucht, an dem es am wahrscheinlichsten is, dass wir jemanden antreffen«, erwiderte sie in einem Tonfall, als würde sie lediglich eine Tatsache wiedergeben. »Außerdem reisen viele Gäste Sonntagmittag ab, und wir müssen zusehen, dass wir heute früh noch mit ihnen reden, bevor uns jemand durch die Lappen geht.«

James nickte. »Klingt überzeugend«, fand er. Auch Asmussen gab einen zustimmenden Laut von sich.

»Dann wollen wir mal …«, sagte Sarah und musste zunächst Mut fassen, um diese Aktion auch wirklich durchziehen zu können.

»Ein Herr Hoffmann?«, fragte Dr. Isabelle Langfeld, nachdem Sarah am ersten Haus auf ihrer Runde das vorgebliche Anliegen vorgetragen hatte. Die zierliche Frau mit dem rotblonden Bubikopf sah die Gruppe verschlafen und ratlos an. »Wer soll das sein?«

»Der Mann aus Haus Albers«, erklärte Asmussen und zeigte auf das Nachbargebäude, um Missverständnisse auszuschließen.

»Das ist Herr Bergmann«, sagte sie.

»Sah er so aus?« Sarah hielt der Frau ein Foto des Mannes hin. Das des Toten hatte sie inzwischen durch das Bild von seinem Personalausweis ersetzt.

Die Frau nickte und verschränkte die Arme. Dadurch wurde Sarah auf den Aufdruck auf dem Sweatshirt aufmerksam: *Tierarztpraxis Langfeld, 6 x in München.*

»Das ist er«, bestätigte sie. »Aber er hatte sich als …

soundso Bergmann vorgestellt. Keine Ahnung, wie der Vorname war. Vielleicht wollte er ja seinen wirklichen Namen nicht sagen, weil er mit einer Geliebten hier war.« Sie zuckte mit den Schultern.

»War er?«, fragte Asmussen.

»War er was?«

»Mit einer Geliebten hier?«

Dr. Langfeld verzog das Gesicht. »Woher soll ich das wissen? Das war nur eine Vermutung. Ich könnte mir vorstellen, dass so was ein Grund ist, um einen anderen Namen anzugeben. Aber was er gemacht hat, weiß ich nicht. Ich bin nicht hier, um mich um die Angelegenheiten anderer Leute zu kümmern. Ich will hier ein paar Wochen lang komplett ausspannen und mit nichts und niemandem etwas zu tun haben.« Sie deutete auf den Schriftzug auf ihrem Oberteil. »Und obwohl ich hier Urlaub mache und für niemanden zu sprechen sein will, werde ich trotzdem jeden Tag mindestens zweimal um eine Ferndiagnose per Skype gebeten. Oder man schickt mir die aktuellen Blutwerte eines unserer vierbeinigen Patienten rüber, damit ich sie mir ansehe und kommentiere. Diesen Bergmann oder Hoffmann habe ich vielleicht zweimal in den ganzen drei Wochen gesehen, also in der Form, dass man sich guten Tag gesagt hat. Das erste Mal war bei meiner Ankunft, da kam er gerade hier vorbei und hat mir mit dem Gepäck geholfen. Von daher … mehr kann ich Ihnen auch nicht sagen. Ich hatte mit ihm genauso viel oder genauso wenig zu tun wie mit den anderen Gästen in den übrigen Häusern.« Sie zuckte erneut mit den Schultern. »Wir haben zufällig nebeneinanderliegende Quartiere bekommen, deshalb schließe ich nicht sofort Freundschaften.«

»Schade«, sagte Sarah betrübt. »Wir hatten gehofft, irgendwelche Hinweise zu bekommen.«

»Kann ich leider nicht mit dienen«, erwiderte die Tierärztin. »Was ist ihm eigentlich zugestoßen?«

»Er ist bei der Überfahrt nach Palinghuus verstorben«, antwortete Asmussen. »Einfach tot umgefallen.«

»Oh«, machte sie. »Das kann ich sogar nachempfinden. Ich habe panische Angst vor Wasser. Ich glaube, auf einer Fähre hätte ich solche Angst, dass darüber mein Herz versagen würde.«

»Und wie sind Sie hergekommen?«, wollte James wissen

»Mit dem Flugtaxi.«

Sie verabschiedeten sich und gingen weiter zum nächsten Haus, Haus Werner, das so wie das der Tierärztin gleich neben Hoffmanns Quartier gelegen war. Als sie dort ankamen, wäre ihnen die Familie Herzog um ein Haar entwischt. Die jungen Eltern wollten gerade mit den beiden Kindern, die so zwischen drei und vier Jahre alt zu sein schienen, zu einer Strandwanderung aufbrechen, als Sarah mit James und Asmussen die Tür zum Vorgarten aufmachte. Sie trug ihren Spruch vor, woraufhin Mutter Herzog zu ihrem Mann sagte: »Schatz, ich rede mit den Leuten, dann kannst du mit den Kleinen doch schon mal vorgehen.«

»Gute Idee, sonst werden sie ungeduldig, noch bevor wir einen Schritt getan haben«, erwiderte er, nickte der Gruppe zu und nahm dann seine wetterfest eingepackten Kinder an die Hand und ging los.

Die Frau lächelte Sarah an. »Ich bin übrigens Melanie Herzog«, sagte sie hastig. »Um wen geht es noch mal?«

»Um Herrn Hoffmann aus Haus Albers«, wiederholte Sarah und deutete auf das Nachbarhaus.

»Der Kerl heißt doch Bergmann«, wandte Melanie Herzog ein.

»Ja, scheint so, als hätte er einen anderen Namen als den eigenen benutzt.«

»Na, dann passt das noch besser.«

»Wie meinen Sie das?«

Melanie Herzog runzelte die Stirn. »Ich weiß es nicht. Ich will niemanden grundlos verdächtigen, aber er hat einen immer so … so seltsam angestarrt. So … ach, ich weiß nicht, wie man das bezeichnen soll. Aber es war … es war ein bisschen unheimlich. Und wenn man dann noch so kleine Kinder hat wie wir … da kommen einem die seltsamsten Gedanken, das kann ich Ihnen sagen.«

»Is er Ihnen oder Ihren Kindern denn zu nahe gekommen?«, hakte Sarah nach.

»Nicht direkt«, sagte sie und ließ den Kopf dabei leicht hin und her pendeln. »Mein Mann hat schon gesagt, wenn er unseren Kindern zu nahe kommt, dann wird er es bereuen, denn … oh, ich glaube, das hätte ich besser nicht gesagt. Nicht dass Sie jetzt denken, er könnte etwas mit dem Tod dieses Mannes zu tun haben!«

Sarah schüttelte beschwichtigend den Kopf. »Auf keinen Fall. Er hat sich Ihren Kindern ja offenbar nicht genähert.«

Melanie Herzog atmete erleichtert auf, dann lächelte sie. »Tut mir leid, dass ich Ihnen nicht weiterhelfen kann, aber wir haben immer einen großen Bogen um ihn gemacht.«

»Kann man gut verstehen«, sagte James und legte eine Hand auf die Schulter der jungen Frau. »Sie haben völlig richtig gehandelt. Wenn Ihnen jemand nicht geheuer vorkommt, dann vermeiden Sie jeden Kontakt.« Er nickte ihr zu. »Ich glaube, wir haben keine Fragen mehr an Sie. Oder, Sarah?«

»Nein«, bestätigte sie und bedankte sich ebenfalls bei

der Frau für die Zeit, die sie für die Fragen geopfert hatte.

»Warum wolltest du sie so schnell loswerden?«, fragte Sarah, nachdem sie den Vorgarten verlassen hatten und die junge Frau Herzog in die andere Richtung davongeeilt war, um ihrem Mann und den Kindern zu folgen.

»Weil sie nur darauf fixiert war, dass Hoffmann so seltsam geguckt hat«, sagte er. »Sie konnte an gar nichts anderes denken. Am Ende hätte sie uns noch etwas völlig frei Erfundenes erzählt, nur um dem Mann etwas anzuhängen.«

»Hm«, machte Sarah. »Da könntest du recht haben. Also gut, dann auf zum nächsten Kandidaten. Wenn das so weitergeht, sind wir in einer halben Stunde durch.«

»Und nich für fünf Pfennige schlauer«, merkte Asmussen an.

»Ganz im Gegenteil«, konterte sie amüsiert und ging vor. »Beeilt euch lieber, sonst haben die anderen doch schon gefrühstückt und sind unterwegs.«

»Wen haben wir jetzt?«, wollte James wissen.

»Jakob Jäger in Haus Rühmann«, sagte sie nach einem Blick auf den Zettel, den Hanna Berentz ihr mitgegeben hatte.

Zwischen den beiden Grundstücken lagen nur ein paar Meter, sodass sie nach nur wenigen Augenblicken ihr nächstes Ziel erreicht hatten. Als sie den Vorgarten betraten, blieb Sarah nach drei Schritten verdutzt stehen und zeigte auf den Rasen. »Was ist das?«

»Sieht nach einem Taucheranzug aus«, antwortete Asmussen. »Und da drüben liegen die Schwimmflossen. Und da hinten die Maske mit Schnorchel. Was soll das darstellen? Zum Trocknen rausgehängt oder was?«

»Fragen wir doch Herrn Jäger«, schlug James vor und

ging an den beiden vorbei zur Haustür. Er klingelte, nichts passierte. Er klingelte noch einmal, dann war von drinnen Gepolter zu hören, gefolgt von einem wüsten Fluch. Die Tür wurde aufgerissen.

»Ja?«, herrschte ein durchtrainiert wirkender Mittfünfziger James an, der sich davon nicht beeindrucken ließ. Die Haare des Mannes waren zerzaust, die Augen kniff er zusammen, was dafür sprach, dass sie ihn tatsächlich aus dem Bett geholt hatten.

»Ich hoffe, Sie haben sich nicht allzu schwer verletzt«, sagte er in diesem einzigartigen Tonfall, der Mitleid oder Mitgefühl zu vermitteln schien, das sich aber in Wahrheit auf ein Minimum beschränkte. Ehe der Mann etwas erwidern konnte, begann James den Text vorzutragen, den sie sich für ihre Mission überlegt hatten.

»Und dafür klingeln Sie mich morgens um sechs aus dem Bett?«, knurrte Jäger, als James fertig war, und strich sich über seinen Schnauzbart.

»Halb zehn.«

»Was?«

»Wir haben halb zehn.«

»Fühlt sich aber an wie sechs.«

»Ist es aber nicht«, beharrte James freundlich, aber bestimmt.

»Was ist das?«, rief Jäger auf einmal und zeigte an den dreien vorbei in den Garten. »Waren Sie das etwa?«

Die drei folgten mit ihren Blicken der Richtung, in die der Mann zeigte. »Das is ›n Taucheranzug. Das waren wir nich«, entgegnete Asmussen, als wäre es das Normalste, dass eine Tauchausrüstung mitten im Garten lag.

»Wo kommt der auf einmal her?«, wollte Jäger wissen und lief im Morgenmantel zwischen Sarah und Asmussen hindurch auf den Rasen, um den Anzug genauer zu betrachten. Drei Möwen, die sich den verstreuten

Objekten inzwischen vorsichtig genähert hatten, um sie zu begutachten, flogen meckernd davon. »Wie kann das sein?«

»War der Anzug verschwunden?«, hakte Sarah nach.

»Ja, allerdings habe ich das erst gestern bemerkt«, beklagte sich der Mann, der auf sie fürchterlich von sich eingenommen wirkte. »Ich hatte ihn nach dem Tauchen auf die Terrasse gehängt, damit er trocken wird, und gestern Abend war er auf einmal nicht mehr da.«

»Wann hatten Sie ihn zum letzten Mal benutzt?«

»Vor über einer Woche, als ich mit ein paar Freunden tauchen war. Abends habe ich ihn dann hier aufgehängt.«

»Das heißt, er könnte schon am gleichen Abend gestohlen worden sein«, folgerte James.

Jäger zuckte aufgebracht mit den Schultern. »Theoretisch ja.«

»Okay«, sagte Sarah. »Das hat dann mit unserem Anliegen nichts zu tun, Herr Jäger. Können Sie uns dabei irgendwie weiterhelfen?«

»Welches Anliegen?«, gab der Mann zurück.

»Die Sache mit Herrn Hoffmann»

»Wer ist Hoffmann?«, fragte er nun.

Sarah schüttelte ungläubig den Kopf. »Haben Sie überhaupt zugehört?«

»Ja, ja, Sie sammeln Spenden für die Witwe irgendeines Fischers, der vom Meer verschlungen wurde.«

»Nein, wir wollen einen Toten bestatten, von dem wir nich wissen, ob er Angehörige hatte oder nich«, erklärte sie betont geduldig. »Und zwar geht es um Herrn Hoffmann aus dem Haus da drüben. Um den Mann, der bis vorgestern dort seine Ferien verbracht hat.«

Irritiert sah Jäger in die Richtung, in die sie zeigte. »Reden Sie von Bergmann?«

»Ja, Bergmann scheint der Tarnname zu sein, den er sich zugelegt hat. Warum, wissen wir nich«, redete sie weiter. »Aber eigentlich heißt er Hoffmann. Haben Sie mit ihm mal über Privates geredet? Hat er irgendeinen Namen erwähnt, irgendetwas, das uns helfen könnte, Angehörige ausfindig zu machen?«

Der Mann verzog bedauernd den Mund. »Nein. Wir haben uns vielleicht drei- oder viermal gesehen und gegrüßt … eigentlich nur zugenickt. Außer beim ersten Mal, da hat er sich vorgestellt. Bergmann.« Er zuckte flüchtig mit den Schultern. »Über sich hat er jedenfalls nicht geredet. Oder ich habe nicht hingehört. Kommt bei mir schon mal vor.« Plötzlich schüttelte er sich. »Himmel, ist das kalt! Warum sagt mir keiner, dass es so kalt ist? Da kann ich mir ja den Tod holen!« Mit diesen Worten stürmte er an James vorbei nach drinnen und warf die Tür hinter sich zu.

Die drei sahen sich verwundert an, dann zogen sie weiter zum vierten und vorerst letzten Haus, in dem das Ehepaar Karin und Andreas Miesbach einquartiert war. Beide erwiesen sich nicht nur als deutlich freundlicher als Jakob Jäger, sie übertrafen an Informationen auch alle anderen, die sie heute Morgen befragt hatten. Andreas Miesbach schien knapp über siebzig zu sein, sein schütteres weißes Haar, das er schulterlang trug, ließ ihn noch etwas älter wirken. Seine Frau war mindestens zehn Jahre jünger, sie trug ihre grauen Haare so kurz geschnitten, dass sie es fast mit James' Frisur hätte aufnehmen können.

Anstatt sich so wie die anderen mit den drei Besuchern an der Tür zu unterhalten, baten sie sie herein und boten ihnen sogar noch ein Frühstück an, das sie aber geschlossen dankend ablehnten. Sie wollten keine Zeit verlieren. »Es geht um Ihren Nachbarn aus dem Haus dort drüben«, begann Sarah. »Herr ... Bergmann ...«

»Hoffmann, meinen Sie doch sicher«, unterbrach Frau Miesbach sie.

»Sie wissen, wie er wirklich hieß?«, rief Asmussen dazwischen.

Die beiden lächelten. »Eigentlich wüssten wir es auch nicht, weil er sich uns als Herr Bergmann vorgestellt hatte. Aber einmal waren wir im Dorf in dieser Kneipe und haben etwas gegessen. Da saß er am Nebentisch, mit dem Rücken zu uns, als plötzlich sein Handy klingelte. Er ging ran und meldete sich mit Hoffmann.«

Herr Miesbach nickte bestätigend. »Dass wir das gehört haben, kann er aber nicht gemerkt haben, weil er danach uns gegenüber weiterhin so tat, als würde er Bergmann heißen.«

»Hat er denn noch irgendwas anderes gesagt, etwas über sich, über irgendwelche Verwandten? Was weiß ich, irgendwelche Bemerkungen, aus denen man etwas ableiten könnte?«

Der ältere Mann schüttelte den Kopf. »Nein, da war nichts. Wir haben uns auch nur ganz selten gesehen. Es gab auch keine Veranlassung für uns, mit ihm ein Gespräch zu beginnen. Er schien immer ... wie soll ich das sagen ...«

»... in Gedanken versunken zu sein«, warf seine Frau ein.

»Ja, richtig. Wenn wir ihn irgendwo sitzen oder gehen sahen, hatten wir das Gefühl, wenn wir ihn ansprechen, dann reißen wir ihn aus irgendwelchen wichtigen Überlegungen.«

Seine Frau nickte zustimmend. »Da haben wir uns zurückgehalten.«

Sarah musste sich ein Grinsen verkneifen, als sie den

Blick sah, den James ihr zuwarf. Es gab keinen Zweifel daran, dass er das Gleiche dachte wie sie, nämlich dass die beiden alles andere als zurückhaltend waren.

»Das is wirklich bedauerlich«, erklärte Sarah. »Jetzt sind wir immer noch so schlau wie vorher. Tja, dann werden wir uns noch im Haus Albers umsehen, vielleicht hat Herr Hoffmann oder Bergmann oder wer auch immer irgendwas dort vergessen, was uns auf eine Spur bringen kann. Sie haben nich zufällig mitbekommen, ob da bereits eine Grundreinigung stattgefunden hat, oder?«

»Ganz sicher nicht«, erwiderte Frau Miesbach. »Bislang ist Frau Berentz noch nicht hergekommen, um sich ein Bild vom Haus zu machen. Wenn sie herkommt, sagt sie uns allen immer guten Tag. Und bis jetzt hat sie das nicht gemacht.«

Sarah nickte erleichtert. Sie hatte befürchtet, dass vielleicht sogar noch am Freitag jemand hergekommen wäre und das Haus von oben bis unten geputzt hätte. »Ja, dann vielen Dank, dass Sie für uns Zeit hatten …«

»Gerne jederzeit«, betonte der Mann.

»… wir lassen Sie jetzt wieder in Ruhe und werden uns drüben im Haus umsehen«, fuhr sie fort und nickte Herrn Miesbach zu.

Sie verließen das Haus der Miesbachs und zogen weiter zum Haus Albers. Als sie sich der Haustür näherten, blieb Sarah abrupt stehen und sah sich um.

»Is was, Frau Teufel?«, fragte Asmussen.

»Eigenartig. Ich hatte grade das Gefühl, dass uns jemand beobachtet«, antwortete sie. »Aber ich seh niemanden.«

Auch James und Asmussen schauten sich um, taten aber so, als würden sie sich einen Moment lang Zeit nehmen, um die Aussicht zu genießen. Sie hätten aber noch ein kleines Stück die Düne hochgehen müssen, erst dann hätten sie das Meer sehen können, das bei diesem heftigen Wind aufgewühlt sein musste.

»Ich seh nichts«, sagten Asmussen und James gleichzeitig.

Sie schüttelte den Kopf. »Bestimmt meint mein Unterbewusstsein, dass uns die netten Leute aus den anderen Häusern jetzt nich mehr aus den Augen lassen.« Sie ging weiter. Am Haus angekommen, schloss sie auf. Drinnen war es kühl, sicher hatte Hoffmann bei seiner Abreise alles abgestellt.

Das Ferienhaus war geräumig und genau genommen für eine einzelne Person viel zu groß. Die maßgebliche Eigenschaft der gesamten Einrichtung schien auf den Begriff »pflegeleicht« zu hören. Überall war Laminat verlegt worden, die Schränke und Tische waren aus Materialien, die sich ohne großen Aufwand abwischen ließen. In der Küche und im Wohnzimmer sowie auch in den anderen Zimmern wiesen alle Möbel nur glatte Flächen auf, was das Ganze etwas kalt und ungemütlich wirken ließ. Auf Glastüren zum Beispiel am Wohnzimmerschrank musste man ebenso verzichten, wohl weil die empfindlicher waren als Holz oder Pressholz. Teppiche suchte man ebenso vergebens wie Teppichboden.

Das Zweckmäßige der Einrichtung ließ die Räume deswegen aber nicht lieblos oder kalt erscheinen. Es herrschte genau das richtige Maß an Gemütlichkeit, um sich in der wenigen Zeit wohlzufühlen, die man im Ferienhaus verbrachte, wenn das Wetter von morgens bis abends zum Aufenthalt unter freiem Himmel einlud.

»Herr Hoffmann hat offenbar ordentlich hinter sich aufgeräumt, ehe er das Haus verlassen hat«, stellte James fest, während sie von Zimmer zu Zimmer gingen.

»Ja, aber er hat den Müll nich rausgebracht«, sagte

Sarah, als sie hinter die Essecke sah. Dort stand ein großer Müllbeutel, zwar ordentlich verschnürt, aber anscheinend dort vergessen. Durch die Glastür, die aus der Küche in den Garten hinter dem Haus führte, konnte sie zwei kleine Mülltonnen sehen. Der Beutel hatte dort landen sollen, aber vermutlich war er an seinem Platz einfach aus Hoffmanns Gesichtsfeld verschwunden. Sie zog den Beutel nach vorn. »Den Inhalt sollten wir uns auf jeden Fall vornehmen.« Neben Essensresten und Verpackungen waren durch den transparenten Beutel hindurch auch diverse Zettel zu erkennen, einige offensichtlich unversehrt, während andere ein- oder zweimal durchgerissen worden waren.

»Und die Mülltonnen dürfen wir auch nicht vergessen«, ergänzte James und ging an ihr vorbei nach draußen. Er hob die Deckel an, schüttelte den Kopf und kam zurück in die Küche. »Beide leer.«

»Sehen wir uns oben um«, sagte Sarah und ging zur Treppe.

Im ersten Stock und im ausgebauten Dachgeschoss gab es ein luxuriös großes Badezimmer sowie vier Schlafzimmer, womit insgesamt bis zu acht Personen in diesem Haus ihre Ferien verbringen konnten. Die Aussicht war grandios. Vom vorderen Schlafzimmer aus hatte man auf ganzer Breite die See im Blick, über der jetzt gerade eine graue Wolkendecke hing, die vom kräftigen Wind vorangetrieben wurde. Das hintere Schlafzimmer verfügte über einen kleinen Balkon, von dem aus man die gesamte Insel überschauen konnte. Auf die vier anderen Häuser sah man wegen der leicht erhöhten Lage von Haus Albers hinunter. Von hier oben war auch erkennbar, dass die hinter den Gebäuden gelegenen Gärten durch hohe Hecken voneinander getrennt waren. Damit war man vor den Blicken der Nachbarn relativ geschützt, denn je nach Aufenthaltsort im Garten konnte man von dem einen oder anderen Dachfenster sehr wohl gesehen werden. Den besten Überblick über alle Gärten hatte man allerdings von Haus Albers aus.

Sarah stand auf dem Balkon und sah sich um. Dabei fiel ihr auf, wie viel man von hier oben aus vom Geschehen in den vier Schwesterhäusern mitbekommen konnte. James kam zu ihr.

»Und?«, fragte er. »Gibt's hier was Brauchbares?«

»Keine Ahnung«, musste sie zugeben. »Aber wenn man auf diesem Balkon hier sitzt, hat man einen Überblick über vieles von dem, was sich da unten abspielt. Ich frage mich, ob Hoffmann dort irgendwas beobachtet hat, was er nicht hatte sehen sollen.«

James betrachtete aufmerksam die Häuser. »Denkst du an etwas Bestimmtes?«

Sie schüttelte den Kopf. »Nein, das war auch nur so 'n Gedanke. Außerdem sind das pure Spekulationen, die uns nich weiterbringen.«

Er stimmte ihr mit einem leisen Brummen zu, dann drehte er sich mit ihr zusammen um, da Asmussen ins Zimmer kam. »Oben is nix zu finden«, verkündete er missmutig. »Müssen wir wohl doch den Müll durchwühlen.«

James ging zurück ins Zimmer, Sarah folgte ihm und sagte: »Am besten stellen wir uns vor, dass wir den Abfall von irgendeiner prominenten Schauspielerin durchsuchen, weil wir wissen wollen, wie ihr Schwangerschaftstest ausgefallen ist.«

»Na, ob es dadurch erträglicher wird, in Essensresten rumzumatschen, weiß ich ja nich«, meinte der Fährmann und ging vor den beiden her zur Treppe.

Kapitel 11

»Ein Glück, dass im Badezimmer ein ganzes Paket Einweghandschuhe deponiert is«, seufzte Sarah, als sie mit der Handkante den Wust Spaghetti in Tomatensauce zurück in die Mülltüte schob.

»Is aber auch nich zu verachten, dass das nur der gesammelte Müll vom Donnerstag ist«, ergänzte Asmussen. »Sonst würd das jetzt richtig übel miefen.«

»Wieso soll das nur der Müll vom Donnerstag sein?«, wunderte sich Sarah.

»Weil mittwochs geleert wird und die Tonnen auch leer sind. Also ist das alles ziemlich frischer Müll.«

»Es ist wirklich erfreulich, dass ihr beide fremden Müll durchwühlen und dabei noch eine positive Einstellung haben könnt«, merkte James ironisch an, während er für Sarah die Mülltüte aufhielt.

»Die ham wir von euch Amis«, sagte der Fährmann grinsend. »Gibt doch kaum ›ne Serie, in der die Helden mal nich in 'nem Müllcontainer landen, weil jemand 'nen

Ehering oder 'n Bündel Geldscheine oder ›nen wichtigen Brief weggeworfen hat!«

»Genau«, stimmte Sarah ihm lachend zu. »Und meistens wird dann noch ›ne Tonne Küchenabfälle in den Container gekippt, während der Held drinsitzt und alles auf den Kopf stellt.«

»Tja, wir haben eben Klassiker geschaffen, die nie alt werden«, erwiderte James.

»Ja, zum Beispiel Cher, aber die nur teilweise«, konterte Sarah und brachte sie alle zum Lachen.

Dann wurden sie wieder ernst, da sie alle Papiere herausgefischt hatten. Zusammen mit dem Küchenpapier, auf dem sie den Abfall ausgebreitet hatten, schob Asmussen alles zurück in den Müllbeutel, was sie grundsätzlich schon mal nicht gebrauchen konnten. Zurück blieb ein Stapel Zettel in den unterschiedlichsten Größen, von denen die zerrissenen erst wieder zusammengefügt werden mussten. Das Ganze glich einem Puzzle, allerdings ein recht überschaubares, da sie nach ein paar Minuten alles sortiert hatten.

»Hm«, machte Sarah. »Das sind alles nur Notizzettel. Was er kaufen wollte … was im Haus zu tun war …«

»Hier ist eine Checkliste, damit er nichts vergisst, wenn er abreist«, ergänzte James.

»Und der Rest is schlicht unleserlich«, fügte Asmussen hinzu und strich sich über seinen Bart. »Entweder mal schnell mit links oder im Halbschlaf hingekritzelt. Kann auch sein, dass er was aufgezeichnet hat, aber so genau kann ich das nich sagen.«

Sarah schüttelte den Kopf. »Das bringt uns alles nich weiter.« Sie zerknüllte die Zettel, machte das Gleiche mit den Schnipseln, die James und Asmussen zusammengefügt hatten, und steckte alles wieder in den Müllbeutel.

»Ich glaub, wir können uns wieder auf den Heimweg

machen, wie?«, fragte der Fährmann und gähnte von Herzen.

»Ja. Was wir brauchen, ist Hoffmanns Koffer«, sagte James. »Der kann nicht zufällig über Bord gegangen sein.«

Sie räumten zusammen, James feuchtete ein Tuch an und wischte den Tisch noch einmal gründlich ab, dann wanderte der Müllbeutel zurück in die Ecke, in der er zuvor gestanden hatte.

Auf dem Weg zur Tür gingen sie durch den schmalen Flur, vorbei an der Kommode, als Sarahs Blick auf das Telefon fiel, das dort stand. Es war ein modernes, aber einfaches Modell, wohl um zu verhindern, dass ein Gast daran Gefallen fand und es mitnahm. Und falls doch, wären die paar Euro für ein Ersatzgerät noch zu verschmerzen gewesen. Aber allein die Tatsache, dass es sich um einen Typ handelte, bei dem Hörer und Apparat noch mit der geringelten Schnur miteinander verbunden waren, machte es wohl für so gut wie jeden diebischen Gast uninteressant.

»Wisst ihr, was mich wundert?«, fragte sie die Männer.

»Sag.« Der Fährmann sah sie abwartend an.

»Warum hat Hoffmann diesen Apparat da benutzt, um dich anzurufen, Herr Asmussen?«

»Warum sollte er nicht?«

»Weil es vom Handy billiger wär«, sagte sie.

»Wär das nicht eigentlich teurer?«

Sie schüttelte den Kopf. »Nein. Auf der Internetseite, auf der die Häuser angeboten werden, sind alle zusätzlich anfallenden Gebühren aufgelistet. Ich weiß genau, als ich die Seite gesehen habe, dass mein Blick auf die Zeile ›Telefon‹ fiel, und da stand, dass jede Einheit mit fünfzig Cent abgerechnet wird.« Sarah sah James und

Asmussen fragend an. »Warum benutzt er diesen Apparat, wenn er bei seinem eigenen Handy das Gespräch günstiger führen kann?«

»Vielleicht hat er ja alle Gespräche von dem Apparat aus geführt«, wandte James ein. »Möglicherweise besaß er ja gar kein Handy. So unvorstellbar das auch sein mag, aber ich kann mich noch gut an die Zeit erinnern, als ein Handy so groß und so schwer wie ein Ziegelstein war. Damals hat man über Leute gelacht, die so was mit sich rumtrugen. Heute lacht man über die Leute, die kein Smartphone besitzen, weil doch angeblich niemand mehr ohne eins auskommt. Und trotzdem gibt es immer noch ein paar Dinosaurier, die so was nicht brauchen oder wollen.«

»Das können wir doch ganz einfach herausfinden«, warf Asmussen ein und tippte auf eine der Tasten, woraufhin das Display des Telefons zum Leben erwachte. »Da. Das ist meine Nummer, Datum ist letzten Donnerstag. Davor … aha, eine Achthunderter-Nummer, irgend ›ne Hotline … einen Tag vor dem Anruf bei mir … davor ein Anruf bei irgend ›ner Nummer in Hamburg … aber aus dem Dezember. Da war Hoffmann noch gar nich hier.«

»Also hat er zweimal dieses Telefon benutzt, an zwei aufeinanderfolgenden Tagen, davor aber gar nicht«, überlegte James, dann tippte er sich ans Kinn. »Entweder musste er wirklich niemanden anrufen oder … sag mir doch mal die Nummer. Diese Hotline, die er angerufen hat.« Er gab auf seinem Handy die Ziffernfolge ein, die Asmussen ihm ansagte, und ließ die Verbindung herstellen, während er auf Lautsprecher umschaltete.

Zwei laute Klingeltöne waren zu hören, dann meldete sich eine angenehm klingende Frauenstimme: »Willkommen bei MobilMania. Sie haben die Servicenummer für die Sperrung Ihrer SIM-Karte gewählt. Möchten Sie sich über die nächsten Schritte informieren, dann geben Sie bitte die Eins ein. Wenn nicht, bleiben Sie bitte in der Leitung, bis …«

»Dann hat er sein Handy verloren und die Karte sperren lassen«, sagte Sarah mehr zu sich selbst. »Das erklärt, warum er es nicht bei sich hatte.«

»Die Insel is zwar nich sehr groß«, meinte Asmussen, »aber immer noch zu groß, als dass wir mal eben nachsehen könnten, wo es ihm aus der Tasche gefallen sein könnte.«

Sarah zuckte mit den Schultern. »Wär ja auch zu …«

Sie wurde vom Big-Ben-Gong der Türglocke unterbrochen und sah die anderen verdutzt an. »Erwartet ihr Besuch?«, scherzte sie und ging zur Haustür. Durch die Milchglasscheibe waren die Konturen einer Person zu erkennen, mehr aber auch nicht.

»Moin zusammen«, wurde sie vom Wirt Jan Terhaagen begrüßt.

»Moin, moin«, erwiderte sie. »Was liegt an?«

Asmussen und ihr Ex kamen dazu und begrüßten den Wirt ebenfalls.

»Das hier«, sagte Jan und hielt ihr ein Smartphone hin. »Ich war eben mit den Hunden raus und hab euch hier reingehen sehen, da dacht ich mir, ich bring euch das, bevor ihr wieder abfahrt.«

»Was ist das?«

»Bergmanns Handy.«

»Bergmanns Handy?«, wiederholte Sarah verwundert. »Woher …?«

»Als er Donnerstag bei uns essen war, is ihm das wohl aus der Tasche gerutscht. Das hat so tief hinter dem Polster von der Sitzbank gesteckt, dass meine Frieda es erst gestern Abend beim Saubermachen bemerkt hat.«

»Woher weißt du, dass es seins is?«, wollte Asmussen wissen. »Steht doch nie ›n Name drauf.«

»War nich so einfach«, räumte Jan ein. »Eigentlich wollt ich übers Verzeichnis jemanden raussuchen und anrufen, um zu fragen, zu wem die Nummer von dem Teil gehört. Dummerweise hat Bergmann wohl die Karte sperren lassen, darum konnt ich keinen anrufen, und ich konnt nich mal seine eigene Nummer rausfinden. Aber Frieda hatte dann die rettende Idee. Fotos.« Er grinste triumphierend. »Sie meinte, jeder macht doch Selfies, und recht hat sie gehabt. Gleich auf dem ersten Foto is Bergmann drauf. Ich hab natürlich noch weitergesucht, nich, dass irgendein anderer ihn geknipst hat. Aber er is gleich auf 'n paar Fotos zu sehen, und das sind alles Selfies, und die sind auch schon älter und woanders aufgenommen, nich hier auf Baltrum. Na ja, und ehe ihr mir ans Festland entwischt, wollt ich euch das noch schnell mitgeben. Weiß ja keiner, wann Bergmann wieder aufwacht und dann telefonieren will. Obwohl, na ja, telefonieren kann er damit dann ja auch nich, weil die Karte gesperrt is. Aber auf jeden Fall is es nu wieder da und alle sind glücklich und ich muss jetzt los und den Laden aufmachen, weil heut Frühschoppen is. Wir sehen uns!«, waren seine letzten Worte, dann war er auch schon wieder verschwunden.

Sarah vermutete, dass er schon längst hinter der Theke stand und das erste Bier zapfte, als ihr Verstand endlich den Vorsprung aufgeholt hatte, den Jan mit seiner atemlosen Schilderung herausgeholt hatte.

»Was war das grade?«, fragte Asmussen, der sich genauso überrannt fühlte wie die anderen.

»Eine rasende Büffelherde ist ja nichts dagegen«, meinte James und konnte nur den Kopf schütteln.

»Ich schlage vor«, sagte Sarah, »wir machen uns ganz fix auf den Heimweg, bevor Jan einfällt, dass er uns noch irgendwas sagen wollte.«

Von den beiden Männern kam kein Widerwort.

»Jetzt erzähl schon, was ihr rausgefunden habt«, drängte Britta, als sie beim Mittagessen beisammensaßen. Sie hatte den Morgen zum größten Teil verschlafen, dann war sie eine Runde Joggen gegangen, und nach einem ausgiebigen Bad war sie jetzt frisch und munter und sprühte vor Tatendrang. »Wisst ihr, wer der Mörder ist?«

Sarah schüttelte bedauernd den Kopf, während James seinen Blumenkohlauflauf auf die vier Teller verteilte. »Nein, und was wir herausgefunden haben, reicht nicht, um damit zur Polizei zu gehen. Das sind alles nur Spekulationen.«

»Dann spekulier einfach, ich will wenigstens irgendwas erfahren.« Britta trank einen Schluck Wein und sah ihre Freundin abwartend an.

»Na ja, wir haben im unmittelbaren Umfeld von Hoffmann eine Tierärztin, für die es kein Problem darstellen dürfte, an eine Betäubungspistole, an die Pfeile und an ein schnell wirkendes, tödliches Gift heranzukommen. Allerdings hat diese Frau panische Angst vor Wasser und lässt sich auf die Insel fliegen. Also würde sie niemals einen Taucheranzug anlegen und der Fähre hinterherschwimmen …«

»Vorausgesetzt, die Panik vor dem Wasser ist nicht nur erfunden«, warf James ein und fuhr fort: »Wir haben eine aufbrausende Frostbeule, die auch Taucher ist und deren Anzug angeblich vor ein paar Tagen gestohlen wurde. Als wir dort ankamen, lag der Taucheranzug wie hingeworfen im Vorgarten.«

»Dann wär da noch ›n älteres Ehepaar«, ergänzte Asmussen, »das mir ›n büschen zu freundlich vorkam, aber das muss nichts heißen. Ich mag halt nich, wenn Leute so übertrieben auftreten. Meistens stimmt bei denen was nicht. Aber keiner von denen hatte richtig was mit Hoffmann zu schaffen.«

»Nur das junge Ehepaar mit den zwei Kindern«, übernahm Sarah wieder, die inzwischen ihre Überlegung verworfen hatte, dass Asmussen etwas mit dem Mord zu tun haben könnte. Bei der Durchsuchung des Ferienhauses hatte sie ihn immer wieder beobachtet, dabei war sie zu der Überzeugung gekommen, dass er darum bemüht war, den Fall zu klären. Für alles andere war er einfach viel zu engagiert bei der Sache. »Wir haben nur mit der Frau gesprochen, die uns gesagt hat, dass Hoffmann immer so seltsam gestarrt hätte. So, dass er ihr unheimlich war. Sie hatte Angst um ihre Kinder, weil Hoffmann auf sie so gruselig gewirkt hat.«

»Aber vorgefallen ist doch nichts, oder?«

»Nee, das nich. Aber ihr Mann hat Hoffmann wohl ziemlich deutlich gesagt, dass der es bereuen würde, wenn er den Kindern zu nahe kommen würde«, erwiderte Sarah.

»Hm«, machte Britta. »Und was ist mit den Leuten untereinander? Haben die irgendwas miteinander zu tun? Kennen die sich noch von woanders her?«

»Damit werden wir uns nach dem Essen beschäftigen«, sagte James. »Wir werden alle Suchmaschinen ausquetschen, bis wir wissen, was da wirklich gespielt wird. Und außerdem haben wir ja jetzt sein Handy, von dem wir zumindest die Telefonnummern abschreiben können, um sie der Reihe nach anzurufen. Außerdem können wir seine eventuell vorhandenen Kurznachrichten durchforsten, ob die was hergeben, und natürlich sind da auch immer noch die Fotos. Es kann ja sein, dass er jemanden bei einem Einbruch oder irgendwas anderem Illegalem fotografiert hat.«

Die nächsten Stunden verbrachten alle vier mit einer intensiven Recherche aller Quellen, die das Internet hergab. Jeder tippte, klickte und durchsuchte Internetseiten nach den Namen der Leute, die möglicherweise etwas mit dem Mord an Armin Hoffmann zu tun hatten. Kaffee und heiße Schokolade flossen dabei in Strömen, um den Geist wachzuhalten. Was sie schließlich zusammentrugen, war recht ernüchternd.

»Also, wir wissen jetzt Folgendes«, begann Sarah, die die große weiße Notiztafel abgewischt hatte, auf der sie und James immer alles notierten, was in irgendeiner Weise zu erledigen war. Jetzt würde sie dort alles notieren, was sie wussten. »Armin Hoffmann is Romanautor, sein erfolgreichster Roman is der Krimi *Tod in Samt*, vor zwei Jahren erschienen. Allerdings schreibt er seine Bücher unter einem weiblichen Pseudonym, was erklärt, dass wir zu seinem Namen nichts Brauchbares gefunden haben. Der Mann scheint Privatleben und Arbeit sehr strikt zu trennen. Auf seinem Handy finden sich ausschließlich Telefonnummern von Leuten, mit denen er beruflich zu tun hatte. Dutzende von Ansprechpartnern bei zig Verlagen, Agenten, Buchhandlungen und und und. Kein erkennbarer privater Kontakt. Ich hatte das Glück, seinen Agenten sprechen zu können … das war das lange Telefonat, bei dem ich nach draußen gegangen bin, um euch nicht zu stören. Der Mann war schockiert, als er von Hoffmanns Tod erfuhr. Er hat mir bestätigt, dass strenges Stillschweigen über seine wahre Identität vertraglich festgelegt worden war. Nachdem er den ersten Schock überwunden hatte, konnte er mir einiges über Hoffmanns Arbeitsweise sagen. Hoffmann dachte sich eine Geschichte aus und versuchte, sie vor dem Schreiben einmal selbst zu durchleben, indem er sich ein Umfeld suchte, in dem das Ganze spielen konnte. In seinem neuen Projekt geht es um Verrat und Schuld und so weiter, und das alles spielt sich in einer Feriensiedlung auf einer Nordseeinsel ab.«

»Dann war er hergekommen, um sein Buch zu schreiben? Ist das Manuskript in seinem Koffer?«, warf Britta ein.

»Er war hergekommen, um für sein nächstes Buch zu *recherchieren*. Das aktuelle Buch kommt in zwei Wochen auf den Markt«, sagte Sarah.

»Und ist schon eine Woche vorher auf Platz eins der Charts, wenn bis dahin sein Tod bekanntgegeben wird«, ergänzte James mit einem zynischen Unterton.

»Kann gut sein«, stimmte Sarah ihm mit einem bitteren Lachen zu. Sie wandte sich wieder der Tafel zu. »Hoffmann wohnte in Frankfurt und damit weit weg von all seinen Miturlaubern. Es gibt keine Verbindung zu ihnen, keiner von ihnen folgt ihm auf seiner Facebook-Seite. Es ist nicht mal feststellbar, dass einer von ihnen eines seiner Bücher gelesen hat und irgendeinen Bezug zu ihm hat. Dass er den meisten Leuten gegenüber einen falschen Namen angegeben hat, das hatte übrigens Methode. Der Agent sagt, Hoffmann wollte nicht erkannt werden. Obwohl der Agent ihm mehr als einmal gesagt hat, dass Hoffmann ein ebenso unauffälliger Name wie Bergmann ist, konnte er das nicht bleiben lassen.«

Britta stand auf und nahm den Stift, den Sarah ihr hinhielt. »Ich habe das ältere Ehepaar durchleuchtet, aber die zwei sind sauber, wenn man so sagen will. Die Miesbachs tauchen nur in ein paar Heimat- und Brauchtumsvereinen im Allgäu auf, da sind sie sehr aktiv, aber nur in der Form, dass es Dutzende Berichte gibt, wie sehr sich die zwei zum Beispiel bemühen, Spenden für die verschiedenen Vereine zu sammeln. Sie sind einfach sehr engagiert, und ich würde fast annehmen, dass ihre offene Art damit etwas zu tun hat. Den beiden dürfte das in Fleisch und Blut übergegangen zu sein, immer zu lächeln und immer gut gelaunt zu sein. Schließlich weiß man nie, wann man einem möglichen Spender gegenübersteht. Eine Verbindung zu irgendeinem der anderen Urlauber konnte ich nicht herstellen«, fügte sie noch an und notierte das auf der weißen Tafel.

Dann wanderte der Stift weiter an Asmussen. Der stellte sich vor die Tafel und schrieb mit etwas ungelenker Schrift stichpunktartig mit, während er sprach: »Die Herzogs. Eine junge Familie aus Schwerin, beide Elternteile im Internet sehr aktiv. Melanie Herzog postet zehn- bis zwanzigmal am Tag auf Facebook irgendwelche Sprüche und kommentiert immer sehr engagiert alle möglichen Aufregermeldungen, ob es um angebliche Straftaten von Flüchtlingen oder um irrtümlich aus der Haft entlassene Vergewaltiger geht. Da wird eine Meldung gepostet, und keine zwei Minuten später kommentiert sie, dass man diese Leute alle ins Gefängnis stecken und da verrotten lassen soll. Ich würde sagen, das passt zu ihren Äußerungen über Hoffmann. Irgendwas beobachtet, was Absurdes daraus gefolgert und dann einfach mal behaupten. Wenn's nicht stimmt, Pech für die anderen.« Er schüttelte den Kopf. »Einfach nur verantwortungslos.« Dann kehrte er an den Tisch zurück und schob James den Stift hin.

Der griff danach, stand auf und sah Sarah an. »Als du

draußen telefoniert hast, war ich übrigens kurz oben, um auch keinen von euch zu stören, und habe die reizende Miss Berentz angerufen, weil ich wissen wollte, ob Hoffmann früher schon das Haus gemietet hatte. Ich hatte überlegt, ob er sich womöglich regelmäßig mit jemandem hier getroffen hatte, wovon niemand etwas wissen sollte.«

»Und?«, fragte Sarah neugierig.

»Ich habe damit leider komplett falschgelegen«, antwortete er mit ernster Miene, dann aber grinste er. »Aber zugleich habe ich ja so richtiggelegen, nur bei der falschen Person. Miss Berentz ließ mich wissen, dass lediglich Lady Doktor und Mister Taucher schon seit sechs Jahren immer zur gleichen Zeit herkommen und dass sie immer jeder das gleiche Haus nehmen. Sie buchen beide den nächsten Urlaub, noch bevor sie abreisen.«

»Dann läuft doch was zwischen den beiden!«, sagte Britta prompt.

»Das ist zwar offensichtlich, aber einen Beweis scheint es nicht zu geben«, entgegnete James. »Beide sind bei Facebook, jeder von ihnen präsentiert sich auf ganz vielen Fotos mit seiner Familie, bei Geburtstagen und anderen Feiern, beim gemeinsamen Urlaub im sonnigen Süden, beim Skiurlaub, und dann hat jeder seine vierzehn Tage ›Auszeit von allem‹, wie sie es nennen, und diese vierzehn Tage finden immer zur gleichen Jahreszeit statt. Da postet dann jeder, wie er auf Baltrum die Zeit für sich allein genießt und komplett entspannt. Und immer sind es Selfies.«

»Und kein Wort von der netten Urlaubsbekanntschaft, die jedes Jahr während der gleichen Zeit im Haus schräg gegenüber residiert«, ergänzte Sarah. »Wenn Hoffmann ihnen auf die Spur gekommen is, was ja passen würde, wenn er tatsächlich stundenlang heimlich seine vorübergehenden Nachbarn beobachtet hat …«

»… dann wär das für die zwei ein Grund, ihn zum Schweigen zu bringen«, redete Asmussen weiter. »Beide haben offenbar dick Geld, und wenn die Affäre rauskommt und ihnen die Scheidung droht, da schmilzt das Vermögen aber ganz schnell zusammen.«

»Und der Plan, wie sie ihn umbringen, ergibt sich bei der Konstellation praktisch von selbst«, fuhr Sarah fort. »Sie liefert das Gift, er geht tauchen und tötet Hoffmann vom Wasser aus. Den Koffer nimmt er an sich, weil er davon ausgehen muss, dass Hoffmann Fotos von ihnen beiden gemacht hat. Damit sind dann nich nur die Beweise verschwunden, mit denen zwei Ehen in eine Krise gestürzt würden. Die Fotos stehen auch nicht mehr zur Verfügung, um den beiden das Motiv für den Mord nachzuweisen.«

»Stellt sich bloß die Frage, ob Hoffmann sie auch noch bedroht hat oder ob er gar keine Ahnung hatte, in welche Gefahr er sich mit seinen Beobachtungen gebracht hat«, überlegte Britta.

»Ich würd sagen, er hatte keine Ahnung«, ergänzte der Fährmann. »Als ich ihn an dem Freitagmorgen abgeholt hab, da wirkte er auf mich ziemlich mürrisch, weil er so früh hatte aufstehen müssen. Aber ich könnt nich behaupten, dass er nervös war oder gehetzt oder so. Nich wie jemand, der schnell verschwinden will, weil ihm jemand auf den Fersen is, der ihn 'nen Kopf kürzer machen will.«

Sarah nickte. »Ja, das passt zu dem, was sein Agent über ihn gesagt hat. Wenn Hoffmann auf seine Arbeit konzentriert war, dann vergaß er alles um sich herum. Er hat die beiden vermutlich beobachtet und alles Mögliche notiert und fotografiert, um es für seine Geschichte festzuhalten, aber nie daran gedacht, dass das Pärchen davon etwas mitbekommen könnte und darüber gar nich begeistert sein würde.«

Britta nahm Hoffmanns Smartphone an sich. »Was ist eigentlich mit SMS und Whatsapp?«

»Whatsapp ist gar nicht installiert«, sagte Sarah. »Und es gibt nur eingegangene SMS, und das sind ausschließlich Mitteilungen von seiner Telefongesellschaft, mal Werbung, mal ein Hinweis auf entgangene Anrufe oder auf Teilnehmer, die jetzt wieder erreichbar sind, weil vorher besetzt war.«

»Hm«, machte Britta. »So ein tolles Smartphone, und das Einzige, was er außer Telefonieren damit macht, sind ein paar Selfies? Surft er nicht mal im Internet?«

»Sieht nich danach aus«, antwortete Sarah mit einem frustrierten Tonfall. »Er hat keine Favoritenliste angelegt, und wenn man eine Internetadresse eintippen will, wird die nicht automatisch vervollständigt.« Plötzlich stutzte sie. »Was für eine App ist denn eigentlich KiB?«

»Noch nie gehört«, sagte James. »Vielleicht irgendwas Spezielles für Autoren?«

»Da muss ich dich enttäuschen«, sagte Britta, die inzwischen das Tablet an sich genommen und den Begriff eingegeben hatte. »Die App heißt Koffer in Berlin. Hier steht: ›Lassen Sie nie wieder zu, dass Ihr Koffer am Flughafen verschwindet. Verlorenes Gepäck gehört mit diesem Koffer-GPS der Vergangenheit an.‹ Kein Speicher für brisante Daten, nur ein Kofferfinder.«

Ein paar Sekunden verstrichen, dann fiel bei allen gleichzeitig der Groschen. »Ein Koffer mit GPS!«, rief Sarah und schlug mit der flachen Hand auf den Tisch. Sie hielt Hoffmanns Smartphone vor sich und sah auf das Symbol. »Mal sehen, ob da was gespeichert ist, was man auch ohne Verbindung ins Netz abrufen kann.« Ihr Finger zitterte ein wenig, als sie auf das Symbol der Koffer-App tippte. »›Sie sind offline. Wollen Sie KiB trotzdem starten?'«, las sie vor, was auf dem Display angezeigt wurde. »Ja, das will ich … aha … ›Ihre registrierten Koffer‹ … ganz genau … okay.« Sie hob den Kopf und sah in die Runde. »Hier steht jetzt ein Code für einen Koffer, der im Januar registriert wurde. Britta, ruf du mal diese Seite auf und versuch, ob du den Code eingeben kannst.«

Britta nickte, tippte auf dem Tablet etwas ein, dann ließ sie sich den Code geben. »Und jetzt … ›Suche Koffer‹.« Sie berührte das Feld mit der Spitze des Zeigefingers.

Sekunden später wurde die Textanzeige durch eine Weltkarte ersetzt, auf der ein Lichtpunkt blinkte. Sie vergrößerte den Ausschnitt, bis fast die maximale Darstellung erreicht war. Auf dem Bildschirm war nun Baltrum zu sehen, der Lichtpunkt gab eine Stelle nahe am Hafen an. Britta reichte das Tablet herum. Asmussen musste nur flüchtig hinsehen, dann erklärte er: »Das muss der alte Pavillon vom Tourismusverein sein. Der steht schon seit Jahren leer und verrottet immer mehr.«

James gab das Tablet an Sarah weiter.

Sie betrachtete ungläubig das Display. »Da ist also der Koffer«, flüsterte sie.

Kapitel 12

Es war kurz vor acht, als die vier in Baltrum ankamen und mit Taschenlampen bewaffnet zum anderen Ende der Anlegestelle marschierten, wo der alte Pavillon stand und schon seit Jahren darauf wartete, entweder restauriert oder abgerissen zu werden. Ein eisiger Wind wehte über die Insel, doch zum Glück regnete es nicht. Sie gingen um das kleine halbrunde Bauwerk herum, das aus den Sechzigerjahren stammte. Die Scheiben waren im Lauf der Jahre nach und nach von irgendwelchen Schwachköpfen eingeworfen worden, die so etwas wohl witzig gefunden hatten. Inzwischen hatte man die Fensterfront mit Brettern zugenagelt.

Asmussen blieb an der Tür auf der Rückseite des Pavillons stehen und richtete den Schein der Taschenlampe auf das Schloss. Er fasste nach der Klinke und drückte sie runter, aber die Tür ging nicht auf. »Notfalls brechen wir vorn eine von den Holzplatten raus«, sagte er.

»Moment, nicht so schnell.« James hielt den Strahl seiner Taschenlampe auf den Boden gerichtet. Ein kleiner Holzkeil war unter die Tür geschoben worden und verhinderte so, dass man sie aufziehen konnte.

Mit der Schuhspitze schob Asmussen den Keil nach hinten, dann zog er die Tür auf. Vier Lichtkegel richteten sich gleichzeitig auf das verwaiste Innenleben des Pavillons – und erfassten gleichzeitig … den Koffer.

»Das is er«, murmelte der Fährmann. »*Das is er.*«

So vorsichtig, als könnte sich der Koffer erschrecken und davonfliegen, näherte sich Sarah dem Objekt ihrer beharrlichen Suche. Sie legte eine Hand auf den Griff, als müsste sie den unscheinbaren schwarzen Koffer erst einmal berührt haben, um glauben zu können, dass sie ihn tatsächlich gefunden hatten.

»Was ist das?«, fragte Britta und beendete die fast andächtige Stille.

»Was?«

»Das da.« Sie zeigte auf ein unförmiges Etwas, das neben dem Koffer auf dem mit kleinen Glassplittern übersäten Boden lag.

James ging um sie herum und packte das Etwas an einer Stelle und zog es hoch. »Ein Taucheranzug«, stellte er fest, als sich das Knäuel von selbst entwirrte.

Gleichzeitig ertönte ein lautes Scheppern auf dem Boden unterhalb des Taucheranzugs.

Sarah drehte die Hand ein wenig zur Seite, in der sie die Taschenlampe hielt. »Und eine Betäubungspistole. Volltreffer auf der ganzen Linie!«

Die Gruppe brach in lauten Jubel aus und lag sich für einen Moment in den Armen. Gelöst war der Fall zwar noch nicht, aber wenn sie erst mal den Koffer geöffnet hatten, würden sie mit Sicherheit wissen, wer für den Tod des Autors verantwortlich war.

»Okay, wir machen noch ein paar Fotos, damit die Polizei später weiß, wie es hier ausgesehen hat«, sagte

Sarah schließlich. »Und dann packen wir alles ein, fahren heim und werfen einen Blick in diesen Koffer!«

»Den kriegen wir so nicht auf«, sagte James und legte den Schraubenzieher zur Seite. »Ich hole mal anderes Gerät aus dem Wagen.« Er verließ die Küche und ging zu seinem Abschleppwagen.

»Schon praktisch, wenn man so eine rollende Werkstatt vor der Tür stehen hat«, meinte Britta amüsiert und sah sich die Schlösser des Koffers genauer an, der auf dem Küchentisch lag. »Wenn ich da an den Koffer meiner Uroma denke, der von einer Generation zur nächsten weitergereicht worden ist. Den konnte man mit einer Büroklammer öffnen.«

Sarah sah zu Asmussen, der den über eine Stuhllehne gelegten Taucheranzug nachdenklich betrachtete. »Was is?«

»Ach, ich find nur, der is ziemlich klein«, antwortete er. »Den kann dieser Jäger nicht getragen haben, der passt da gar nich rein.«

»Er nich«, stimmte sie ihm zu. »Aber Frau Doktor würde da reinpassen.«

»Ja, bloß hat die panische Angst vor Wasser.«

»Behaupten kann sie viel.«

»Stimmt«, musste Asmussen zugeben. »Dann war der Taucheranzug bei Jäger im Vorgarten nur 'n Ablenkungsmanöver.«

Sarah nickte bedächtig. Es passte alles zusammen, aber ob es so war, wie sie es sich zurechtgelegt hatten, würden sie vermutlich erst wissen, wenn sie den Inhalt des Koffers kannten. Nein, nicht vermutlich, sondern hoffentlich. Wenn sie Pech hatten, befanden sich im Koffer bloß zwanzig Kilo Sand vom Strand auf Baltrum, den Hoffmann mitgenommen hatte, um ihn zu Hause in seinem Büro auf dem Boden zu verteilen, damit er beim Schreiben das Gefühl hatte, immer noch auf der Insel zu sein. Ganz auszuschließen war das nicht.

Zum Glück kehrte James in diesem Moment in die Küche zurück und brachte die Bohrmaschine mit. Es dauerte nur ein paar Augenblicke, dann hatte er beide Schlösser aufgebohrt und der Koffer war offen.

Er deutete an Sarah gerichtet eine Verbeugung an und machte eine einladende Geste in Richtung Koffer: »Ladies first.«

Sarah stellte sich vor den Koffer, atmete einmal tief durch und klappte dann den Deckel auf. Ein erleichterter Seufzer kam ihr über die Lippen, als sie sah, dass der Koffer offenbar wasserdicht war, da alles trocken aussah.

Zum Vorschein kamen ordentlich zusammengelegte Kleidungsstücke, Pullover, Hemden, Hosen. Die Ränder waren mit Unterwäsche und Strümpfen gestopft worden. Ein Paar Schuhe und ein Paar Hausschuhe – alle einzeln in Plastiktüten gepackt – nahmen das linke Viertel des Koffers in Anspruch. Als Sarah ein Kleidungsstück nach dem anderen aus dem Koffer nahm und daneben auf den Tisch legte, kam darunter zunächst ein klobiger Laptop zum Vorschein. Sie wollte ihn herausnehmen, aber er glitt ihr aus den Fingern, weil er unerwartet schwer war. Beim zweiten Anlauf hob sie ihn mit beiden Händen heraus. »Was wiegt das Ding? Zehn Kilo?«, fragte sie ungläubig.

»Nicht ganz, aber nah dran«, meinte James, der ihr den Laptop abnahm und auf den Küchentresen stellte. Er klappte ihn auf und musste grinsen. »Der könnte ja fast aus einem Museum stammen. Netter Aufkleber: *Windows 95.*«

Unter dem Laptop fand sich ein ganzer Berg von Notizbüchern, alle im Format A4, alle mit *Projekt VII* beschriftet. »Das sind acht … zehn … elf … dreizehn … sechzehn Notizbücher! Sehr, sehr dicke Notizbücher«, sagte sie erstaunt, nahm die obersten vier und gab drei davon weiter an die anderen. »Lassen wir uns überraschen.«

Sie schlug das Notizbuch auf, und gleich auf der ersten Seite kam ihr ein begeistertes »Wow« über die Lippen. »Das ist Jäger.« Sie drehte das Notizbuch herum, um die gelungene Skizze den anderen zu zeigen. »Wie aus dem Gesicht geschnitten.«

Die anderen nickten nur, als hätte sie ihnen nichts Besonderes gezeigt, aber sie verstand diese Reaktion, als die drei ihrerseits die Notizbücher hochhielten, die jedes auf einer beliebigen Seite aufgeschlagen waren. Auf Anhieb erkannte sie Familie Herzog, die im Garten hinter dem Haus Picknick auf dem Rasen machte. Und die Tierärztin, wie sie genüsslich eine Tasse Kaffee trank. Und das Ehepaar Miesbach beim Frühstück, wobei er halb hinter der Tageszeitung verschwand.

Sie begann zu blättern und kam aus dem Staunen nicht mehr heraus. Die Zeichnungen waren zwar erkennbar Skizzen, was vor allem dadurch deutlich wurde, dass Hoffmann hier und da mit einem roten Stift markiert hatte, was ihm an einer Zeichnung nachträglich nicht mehr so gut gefallen hatte. Mal war ein Auge zu groß, mal ein Bein zu kurz, und mal stimmte die Perspektive nicht.

»An dem Mann is ›n Künstler verlorengegangen«, meinte Asmussen in einem anerkennenden Tonfall.

»Dieser Hoffmann war aber nicht nur ein Künstler, sondern offenbar auch ein Spanner«, ergänzte Britta, die ein zweites Notizbuch aus dem Koffer genommen hatte. Sie hielt es so, dass die anderen es sehen konnten, und begann zu blättern. Seite um Seite hatte Hoffmann ein Paar skizziert, das sich mal im Garten, mal in der Küche, mal im Schlafzimmer vergnügte.

»Das sind eindeutig Jäger und die Tierärztin«, sagte James. »Aber das reicht nicht als Beweis, das Meiste davon ist pure Fantasie. Also kann das nicht der Grund dafür sein, dass sie ihn umgebracht haben.«

Sarah legte das Skizzenbuch zur Seite und nahm ein anderes heraus, das weiter unten lag. Dieses Buch enthielt keine Zeichnungen, sondern ausschließlich Notizen. Jede Doppelseite hatte Hoffmann in fünf Spalten unterteilt. Die ersten vier Spalten trugen die Namen der anderen vier Häuser, die fünfte war mit *Möglicher Dialog* überschrieben. Darunter waren akribisch genau Daten und Uhrzeiten festgehalten, jeweils versehen mit einer mehr oder weniger umfangreichen Notiz zu dem, was er offenbar beobachtet hatte.

»Unser Herr Hoffmann war ja ein sehr Genauer«, meinte sie. »Der muss den ganzen Tag am Fenster gesessen haben, um alles aufzuschreiben, was sich rund um die vier anderen Häuser und – soweit er das sehen konnte – darin abspielte. Und dazu hat er sich noch ausgedacht, was die Leute untereinander reden, wenn so wie hier um sieben Minuten nach neun Herr und Frau Herzog in den Garten hinter ihrem Haus gehen und sich unterhalten.« Sie blätterte weiter, bis sie das Gesuchte gefunden hatte. Hier: ›18:09 HJ geht in den Garten, steht in der Ecke und sieht sich um. Schlüpft durch das Loch in der Hecke und besucht HR. HR steht an der Terrassentür und öffnet sie, HJ tritt ein, sie küssen sich.‹ So, und als möglichen Dialog hat er notiert: ›Du bist spät dran.‹ – ›Mein Mann war am Telefon, ich konnte ihn nicht eher abwimmeln.‹ – ›Dein Mann kann eine richtige Klette sein.‹ – ›Na, komm (amüsiert). Deine Frau ist auch nicht viel besser.'« Sie sah von ihrer Lektüre auf. »So geht das Seite um Seite weiter.«

»HJ? HR?«, fragte Asmussen irritiert.

»Haus Jannings, also Dr. Langfeld. Sie hat HR alias Jakob Jäger besucht.«

»Dann kannte er ihre Namen gar nich?«

»Vielleicht brauchte er die Namen nicht. Er hätte ihnen in seinem Buch ohnehin andere Namen gegeben«, meinte James. »Die Unterhaltung ist ja nur ausgedacht. Wenn er das in einem seiner Bücher benutzt, muss er sich natürlich andere Namen ausdenken. Obwohl … als Beweis taugt das auch nicht. Der Mörder scheint wohl mit handfesteren Beweisen gerechnet zu haben.«

Sie blätterten die übrigen Notizbücher durch, aber überall bot sich das gleiche Bild. Hunderte von Skizzen, die Szenen aus den vier Häusern hinter Hoffmanns Ferienunterkunft zeigten, mal mehr, mal weniger detailliert, manchmal so hastig gezeichnet, dass nicht erkennbar war, was er hatte festhalten wollen.

»Was haben wir hier?«, fragte Sarah und zog vorsichtig einen dicken Pullover heraus, der entgegen der Gewohnheit des Mannes nicht ordentlich gefaltet, sondern aufgerollt war. Etwas war darin eingewickelt worden, das konnte sie ertasten. Als sie den Pullover ausrollte, rutschte ihr eine Plastiktüte entgegen, in der sich eine Digitalkamera befand. Außerdem stieß sie auf mindestens ein Dutzend Speicherkarten für diese Kamera. »Na, das sieht doch schon besser aus.« Sie griff ein paar Karten, die jede in einer Schutzhülle steckten, und hielt Britta die Hand hin. »Such dir eine aus und leg sie ein.«

Britta pickte mit geschlossenen Augen eine Karte heraus, holte sie aus der Hülle und schob sie ins Tablet. »Da bin ich ja mal gespannt«, murmelte sie und wartete, dass der Inhalt der Karte gelesen wurde. Der Player öffnete sich, sie tippte auf Wiedergabe und hielt das Tablet so, dass sie alle den Bildschirm sehen konnten.

»Das sind die Gärten hinter den vier Ferienhäusern«, sagte Sarah beim ersten Blick auf den Film, den Hoffmann aufgenommen hatte. Entstanden war die Aufnahme vor gut einer Woche, morgens um halb neun Uhr. Zunächst geschah nichts, was auch Britta bemerkte, die daraufhin ein paar Mal um einige Minuten vorspulte. Es war noch immer Morgendämmerung, und man musste im Halbdunkel schon genau hinsehen, um etwas entdecken zu können. Dann auf einmal wurde die Terrassentür von Jägers Haus geöffnet. Jäger kam heraus und sah sich um, er schien einen Morgenmantel zu tragen. Das Bild wurde herangezoomt, anscheinend war Hoffmann auch auf diese Aktivität aufmerksam geworden. Es war Jäger, und er trug tatsächlich einen Morgenmantel. Dann kam eine Frau aus der Wohnung, komplett angezogen, und streifte eine dicke Jacke über. Es war ohne jeden Zweifel die Tierärztin. Sie blieb bei Jäger stehen, dann umarmten sich die beiden und küssten sich leidenschaftlich. Nach einer Weile lösten sie sich voneinander, dann ging sie zügig an der Hauswand entlang bis zur Hecke, schlich dort entlang, zwängte sich durch eine Lücke zwischen den Büschen und schlich dann im Schutz der Hecke auf ihrem eigenen Grundstück bis zum Haus. In der Dämmerung musste man schon wissen, dass da jemand unterwegs war, und nur deshalb konnte man auch sehen, wie die Tierärztin über die Außentreppe nach unten zum Hintereingang in den Keller eilte und ins Haus verschwand. Ein paar Minuten später ging in der Küche das Licht an und die Tierärztin kam nach draußen auf die breite Treppe, die hinunter in den Garten führte. Sie trug jetzt auch einen Morgenmantel, gähnte und streckte sich demonstrativ, als wäre sie erst vor ein paar Minuten aufgestanden.

»Das ist allerdings Beweis genug«, sagte James, während Britta die Wiedergabe stoppte. »Wenn der Film in die falschen Hände gerät, kann jeder von den beiden seiner Ehe Farewell wünschen.«

»Richtig«, stimmte Sarah ihm zu. »Also hatten beide ein Motiv, Hoffmann umzubringen. Alles andere passte ja schon vorher zusammen. Das ist es also. Fall gelöst.« Sie schüttelte verdutzt den Kopf. »Das kommt irgendwie überraschend.«

»Vielleicht, weil wir ziemlich früh richtiggelegen haben mit unserem Verdacht«, überlegte James und klopfte ihr auf die Schulter. »Wart ab, Sarah, das war jetzt gerade mal dein erster großer Fall. Beim nächsten Mal werden die Täter es dir sicher nicht so leicht machen.«

»Komiker«, gab sie zurück, lächelte ihn dabei aber an. Es war irgendwie seltsam, dass sich so lange nach der Scheidung immer noch vieles so anfühlte wie in der Zeit davor. Aber vermutlich lag das daran, dass sie immer noch zusammenleben mussten, weil es nicht anders ging. Würden sie schon die ganze Zeit über jeder für sich leben, wären Situationen wie diese für sie sicherlich mit Verlegenheit verbunden.

Sarah sah auf die Uhr. »Halb zehn. Okay, also mit dem ganzen Beweismaterial fahre ich heute nicht mehr zur Polizei, das reicht morgen früh. Ich kopiere diesen Ausschnitt auf eine andere Speicherkarte, dann wissen die Beamten, worauf sie achten müssen, wenn sie die Beweise gegen die zwei zusammenstellen. Frau Doktor und Mister Aufbrausend sind noch ein paar Tage hier, und außerdem können die sowieso nicht einfach so untertauchen. Machen wir Schluss für heute.«

Es war bereits nach Mitternacht, als Sarah im Wohnzimmer stand und in die Dunkelheit starrte. Im Dorf schliefen alle, nur die wenigen Straßenlaternen im Ort und rund um den Hafen sorgten für ein wenig Licht in der Nacht. Von Zeit zu Zeit zuckte ein schwacher Lichtstrahl über den Himmel, in die Nacht hinausgeschickt wurde der vom Leuchtturm auf Norderney.

Wieder war da dieses Gefühl, dass sie beobachtet wurde. Das war ihr auch auf Baltrum so vorgekommen, als sie den Koffer zur Fähre gebracht hatten. Während der ganzen Überfahrt hatte sie das Gefühl gehabt, dass jemand sie ganz genau beobachtete. Es war ein wenig unheimlich gewesen, aber zugleich auch völlig unsinnig.

Schon seltsam, meldete sich ihre innere Stimme spöttisch zu Wort. *Da kann man noch so rational denken und handeln, und trotzdem wird man das Gefühl nicht los, dass im Dunkeln das Böse lauert.*

»Oder man hört innere Stimmen, die es gar nich gibt«, konterte sie im Flüsterton und brachte zu ihrem eigenen Erstaunen die Stimme zum Verstummen.

Aber nur für den Moment, legte die nach, dann wurde es wieder ruhig.

Es gab keinen Grund, da draußen jemanden zu vermuten, der ihr Böses wollte. Die beiden, die für den Tod des Autors verantwortlich waren, lagen jetzt mit Sicherheit wieder gemeinsam im Bett und glaubten, dass ihnen niemand auf die Schliche kommen würde. Zumindest bis zu dem Moment, wenn sie Hoffmanns Koffer, den Taucheranzug und die Betäubungspistole aus dem alten Pavillon holen wollten. In dem Moment hätte sie zu gern mit einer Kamera bereitgestanden, um die beiden dummen Gesichter für die Nachwelt im Bild festzuhalten.

Sie atmete leise seufzend aus, zufrieden darüber, dass es ihnen gelungen war, einen Mord aufzuklären, der vielleicht nie als Mord behandelt worden wäre. Ja, letztlich war alles gut ausgegangen.

Sie wandte sich vom Fenster ab und verließ das Wohnzimmer, um sich schlafen zu legen.

Britta erwachte aus dem Schlaf, weil ihr Hals wie ausgedörrt war. Im ersten Moment befürchtete sie, sie könnte sich bei der Überfahrt nach Baltrum und zurück durch den kalten Wind erkältet haben, aber nachdem sie ein paar Mal geschluckt hatte, war sie sich sicher, dass sie bloß mit offenem Mund geschlafen hatte und ihr Hals dadurch so trocken war.

Sie stand auf, griff nach ihrem Handy, schaltete die Taschenlampe ein und schlich nach unten, um sich in der Küche eine von den kleinen Flaschen Mineralwasser zu holen, die Sarah in einer Ecke hortete. Die verbrauchte jeden Tag vier bis fünf dieser Flaschen, wenn sie mit dem Taxi unterwegs war. Aber wenn Britta eine davon nahm, würde das sicher nichts ausmachen. Im Parterre angekommen, bemerkte sie einen schwachen Lichtschein aus der Küche. Offenbar war sie nicht die Einzige, die von Durst geplagt wurde.

Sie ging in die Küche und sah, dass James über Hoffmanns Koffer gebeugt stand und darin wühlte, während er mit der anderen eine Taschenlampe darauf gerichtet hielt. »Falls ihr eure Stromrechnung nicht bezahlt habt, James, solltet ihr das aber besser nachholen«, scherzte sie und machte die Deckenlampe an.

Einen Moment lang musste sie wegen der Helligkeit die Augen zusammenkneifen, und James musste das Gleiche tun … nur war das nicht James, der da in der Küche stand. Das war ein fremder Mann.

Ein fremder Mann, der sich nervös umschaute.

Ein fremder Mann, dessen Blick an dem großen Messerblock auf dem Tresen hängen blieb.

Ein fremder Mann, der blitzschnell das größte Messer aus dem Block riss und wie eine Furie auf Britta zugerannt kam …

Ein gellender Schrei und ein dumpfer Knall rissen Sarah aus dem Schlaf. Ohne zu wissen, was passiert sein mochte, wollte sie aus dem Bett springen und losrennen, doch sie hatte vergessen, dass James wieder auf der linken Betthälfte schlief. Das würde nur so lange der Fall sein, wie Britta bei ihnen war, danach würde er ins Gästezimmer zurückziehen, wo er seit der Scheidung schlief. Davon hatte Sarah im Moment aber nichts, denn James war ihr jetzt und hier im Weg und bremste ihren Satz nach links so ab, dass sie über ihn hinwegrollte und auf dem Boden landete.

»Was ist los?«, fragte er verschlafen.

»Britta hat laut geschrien!«, sagte sie.

»Mh-m. Bestimmt hat sie Hunger«, murmelte er.

»Was?«, rief sie verständnislos, während sie sich aufrappelte. »Jetzt komm schon«, fuhr sie ihn an, packte ihn am Handgelenk und zog ihn aus dem Bett. Während er nun ebenfalls auf dem Boden landete, was genügt hätte, um ihn wachzubekommen, lief Sarah bereits zur Tür, stürmte ins Treppenhaus und lief nach unten, so schnell sie konnte. In der Küche brannte Licht. Was war bloß passiert? Oder hatte Britta vielleicht nur eine Maus gesehen?

An der Tür blieb sie stehen und brauchte erst einen Moment, um zu begreifen, was ihre Augen erfassten. Auf dem Boden lag eines ihrer Küchenmesser, das längste, das sie besaß. Ein Stück weit daneben lag ein Mann auf dem Bauch, er schien bewusstlos zu sein. Auf ihm kniete Britta und umwickelte die auf den Rücken gedrehten Arme des Unbekannten mit dem dicken silbernen Klebeband, von dem sie immer ein paar Rollen im Haus hatte.

Auf einmal bemerkte Britta, dass Sarah in die Küche gekommen war. »Sag mal, hast du zufällig diese Kabelbinder im Haus? Die sind noch ein bisschen widerstandsfähiger als das Klebeband. Obwohl ... ach, ich glaube, das reicht auch. Wenn wir ihn nicht aus den Augen lassen, bis die Polizei da ist.«

»Kann schon sein«, erwiderte Sarah etwas irritiert. »Aber ... ähm ... könntest du mir mal verraten, was hier eigentlich los is?«

»Ja, sicher.« Sie durchtrennte das Band und rutschte auf Knien ein Stück zur Seite, um auch die Fußgelenke des Mannes mit dem Klebeband zu umwickeln. »Der Herr hier ... er hat sich übrigens nicht vorgestellt ... war an Hoffmanns Notizbüchern interessiert. Ich habe ihn dabei ertappt, weil ich mir was zu trinken holen wollte. Daraufhin ist er mit dem Messer auf mich los. Na ja, und das hat er jetzt davon.«

»Du hast einen Mann überwältigt, der mit einem dreißig Zentimeter langen Messer auf dich losgegangen ist?«

Britta nickte. »Ja. Wieso?«

»Kannst du Karate oder was?«

»Ja. Hatte ich das nicht gesagt?«

»Bislang hat sich keine Gelegenheit ergeben«, sagte Sarah.

»Ich hatte in den letzten Jahren wenig zu tun und viel Freizeit, da habe ich angefangen, einmal im Jahr einen Selbstverteidigungskurs mitzumachen, und weil mir das so gut gefiel, habe ich neben Karate noch zwei andere Kampfsportarten erlernt.« Sie winkte bescheiden ab.

»Besser gesagt die Grundkenntnisse. Damit ich weiß, wie ich am besten zutrete, wenn ich angegriffen werden sollte. Was bis gerade eben übrigens noch nie passiert ist.« Sie zuckte gelassen mit den Schultern.

»Hast du so geschrien?«, fragte James, der inzwischen auch dazugekommen war.

»Du meinst, weil der Schrei sich nach einem Mädchen angehört hat?«, gab sie ironisch zurück. »Nein, dieser piepsige Schrei kam von ihm, nachdem ich ihn mit dem ersten Tritt gegen die Tischkante befördert hatte. Danach hat dann sein Kinn Freundschaft mit meinem Knie geschlossen. Seitdem ist er ziemlich schweigsam.«

»Wer ist das?«, wollte James wissen.

»Keine Ahnung«, antwortete Sarah.

»Augenblick.« Britta durchtrennte das Klebeband, dann rollte sie den Mann auf die Seite und zog ihn hoch, um ihn in eine sitzende Position zu bringen.

»Den habe ich schon mal irgendwo gesehen«, überlegte Sarah. »Aber … ich komme nicht drauf … Moment, doch! Auf Baltrum«, rief sie und schnippte mit den Fingern. »Als ich mit Asmussen das erste Mal da war und nach jemandem gesucht hab, der uns was über Hoffmann sagen kann, da war er der Erste, der uns die Tür aufgemacht hat.« Sie schüttelte ungläubig den Kopf. »Und da hat er so getan, als hätte er von nichts 'ne Ahnung!«

»Aber was hat er hier zu suchen?« fragte James. »Was hat er mit dem Mord zu tun?«

»Wird er uns gleich erzählen«, sagte Sarah und ging zur Spüle, wo sie ein Glas bis zum Rand mit Wasser füllte.

»Oh, Sarah, darf ich das bitte machen?«, flehte ihre Freundin sie an. »Ich habe mit ihm noch eine Rechnung offen.«

»Na ja, wenn du willst.«

»Danke! Dann stellt ihr beide euch am besten hinter den Tisch«, sagte sie. »Wenn er euch nicht sieht, bekomme ich vielleicht eher etwas aus ihm raus.«

Sarah gab James ein Zeichen, er nickte kurz und kam zu ihr hinter den Tisch, während Britta sich neben dem gefesselten Mann hinkniete.

»Was? Wo?«, rief der Mann prustend, gleich nachdem sie ihm das eiskalte Wasser ins Gesicht geschüttet hatte.

»Erinnern Sie sich an mich?«, fragte sie betont freundlich, während sie mit dem langen Messer vor seinen Augen hin und her fuchtelte.

»Ich ... o Gott!«

»Sie wollten mich damit aufspießen, richtig?«

»Ich ... ich ... ich wollte nur ...«, stammelte der Mann.

»Mich aufspießen, ganz genau. Hat nicht ganz so geklappt, nicht wahr?«, spottete sie. »Dafür kann ich das jetzt mit Ihnen machen, und so verschnürt, wie Sie es jetzt sind, werde *ich* damit anders als Sie keine Probleme haben.« Sie bewegte die Klinge von ihm weg, so als wollte sie Schwung holen.

»Nein, nein, nein. Tun Sie das bitte nicht! Bitte! Ich flehe Sie an!«

»Aber was hätte ich davon?«

»Ich kann Ihnen Geld geben!«, rief er hastig. »Viel Geld.«

»Wie viel ist viel?«, wollte sie wissen.

»Fünfhunderttausend.«

Britta zeigte keine Regung.

»Also gut, siebenhundertfünfzigtausend.«

»Schon besser«, sagte sie. »Aber ich will schon wissen, was es mit dem Geld auf sich hat.« Sie nickte ihm auffordernd zu.

»Okay, okay«, sagte er so überhastet, dass es klang, als würde er sich zwischendurch schon mal selbst überholen. »Mein Name ist Edgar Kosinski, ich bin Privatdetektiv und ermittle gegen Herrn Jäger …«

»In wessen Auftrag?«

»Das darf ich nicht …«

»In wessen Auftrag?«, wiederholte sie und legte die Messerspitze ganz leicht auf seine Nasenspitze.

»Steffi Jäger, seine Ehefrau!«, rief er verängstigt. »Ich soll ihren Mann beschatten und Beweise dafür liefern, dass er auf Baltrum eine Affäre hat. Wenn ich den Beweis habe und sie daraufhin die Scheidung einreichen kann, bekomme ich ein Honorar von einer Million Euro.«

»Klingt nicht sehr glaubwürdig«, wandte Britta ein, während sich Sarah und James verdutzt ansahen.

»Doch, doch«, beharrte Kosinski. »Sie selbst kassiert bei der Scheidung über fünfzig Millionen, und das ist ihr ein solches Honorar wert.«

»Und was hat das mit Hoffmanns Koffer zu tun?«

»Ich hatte mir das falsche Haus ausgesucht«, erklärte der Mann. »Ich hätte das Haus gebraucht, in dem Hoffmann gewohnt hat. Ich hätte den Blick auf den Garten zwischen den Häusern haben müssen, um die Beweisfotos für Jägers Verhalten vorlegen zu können. Aber den hatte Hoffmann … oder Bergmann oder wie er sich sonst noch genannt haben mag. Ich habe sehen können, dass er genau den Bereich fotografiert oder gefilmt hat. Ich wollte mit ihm reden, ich wollte mit ihm einen Deal machen. Ich wollte ihm die Hälfte geben, damit er mich von seinem Haus aus Fotos machen lässt. Ich hab ihn angebettelt, dass er mir seine Fotos und Filme verkaufen sollte, aber er ging einfach nicht darauf ein.«

Britta zog eine Augenbraue hoch. »Und deswegen musste er sterben?«

»Ich habe bis zum letzten Augenblick versucht, den Mann umzustimmen«, versuchte Kosinski sich zu rechtfertigen. »Er ließ mir keine andere Wahl. Er hatte die Beweise in seinem Koffer, die ich gebraucht hätte. Eine Kopie von den Filmen oder Fotos, das hätte mir gereicht. Aber er wollte nicht. Also …«

»Also haben Sie sich einen Plan zurechtgelegt, wie Sie am besten vorgehen.«

Er nickte und atmete angestrengt durch, da er so verdreht dasaß.

»Und wieso dann ein Plan, der den Mann Ihrer Auftraggeberin und dessen Geliebte belastet?«

Der Detektiv versuchte mit den Schultern zu zucken, verzog dann aber das Gesicht, da ihm die Geste wegen der auf den Rücken gebundenen Arme Schmerzen bereitete. »Das war sozusagen meine Rückversicherung. Falls ich nicht an den Koffer gekommen wäre oder falls er untergegangen wäre, hätte ich der Polizei anonym immer noch den Tipp geben können, dass die beiden eine Affäre haben und dass sie deswegen Hoffmann umgebracht haben. Dann wäre auch alles an die Öffentlichkeit gekommen, die alte Jäger hätte sich von ihrem Mann trennen können und das Geld kassiert. Und ich hätte mein Geld auch kassiert.«

»Aber wieso haben Sie den Koffer nicht sofort mitgenommen und die Beweise an Frau Jäger geschickt?«, wollte sie wissen, wobei sie diesmal eigentlich nur ablas, was Sarah ihr auf einem Zettel notiert hatte, den sie so hochhielt, dass nur Britta ihn sehen konnte.

»Weil mir ständig jemand dazwischenfunken musste«, ereiferte er sich, als wäre tatsächlich er derjenige, dem Unrecht widerfahren war. »Als ich den Koffer von der Fähre gezogen hatte und zurück an Land war, kam völlig unerwartet der blöde Kutscher in den Hafen gefahren. Ich hatte mir vorsichtshalber schon den Pavillon als Versteck ausgesucht, falls was dazwischenkommt, aber ich hatte nicht erwartet, dass das tatsächlich auch passieren würde. Damit konnte ich den Morgen vergessen. Tagsüber konnte ich natürlich nicht ran, da hätte mich ja jeder gesehen. Und dann müssen diese verdammten Seenotretter ausgerechnet in den letzten zwei Nächten ihre bescheuerten Rettungsübungen hier am Hafen absolvieren. Da konnte ich ja schlecht zwischen den Leuten durchlaufen und sagen: ›Tschuldigung, ich muss da nur mal einen Koffer rausholen.‹« Er schüttelte zornig den Kopf. »Na ja, und heute Abend komme ich in den Hafen, und was muss ich da sehen? Sie und Ihre reizenden Freunde betreten den Pavillon, in dem mein Koffer steht!«

»Hoffmanns Koffer«, korrigierte ihn Britta reflexartig.

»Ich habe ihn ihm abgenommen, also ist es mein Koffer!«, beharrte er. »Und ich konnte nicht zulassen, dass Sie mit meinem Koffer abhauen. Also bin ich hergekommen, um ihn mir zurückzuholen. Zumindest den Inhalt, den ich brauche. Hoffmanns alte Socken brauche ich zum Beispiel nicht.«

»Nach uns ist doch sicher keine Fähre mehr unterwegs gewesen«, wandte sie ein.

»Keine Ahnung, ich hatte ja meine Fähre. Ihre.«

Britta sah ihn verständnislos an.

»Ich wusste ja vom ersten Mal, wie diese Nussschale aussieht, darum wusste ich auch, unter welcher Bank genug Platz sein würde, um mich da zu verstecken. Während Sie sich noch über Ihren Fund gefreut haben, habe ich es mir auf der Fähre bequem gemacht. Jedenfalls das, was man unter den Umständen als bequem bezeichnen kann.«

»Sie sind mit uns zusammen hergekommen?« Britta sah ihn mit großen Augen an.

»Tja«, machte er in einem etwas überheblichen Tonfall. »Es hat auch seine Vorteile, wenn man kein Zwei-Meter-Mann mit extra breiten Schultern ist.«

»Interessant«, sagte sie und richtete sich auf.

»Was ist nun?«, fragte er. »Sie kennen jetzt die ganze Geschichte. Also machen Sie mich los, damit wir die zwei Turteltäubchen rankriegen. Je schneller das über die Bühne geht, umso schneller zahlt die alte Jäger, und umso schneller bekommen Sie Ihre fünfhunderttausend.«

»Siebenhundertfünfzigtausend.«

»Ja, richtig«, sagte er hastig. »Also?«

Britta stand da und schien sich sein Angebot ernsthaft zu überlegen. »Wie haben Sie das mit Taucheranzug und mit dem Gift gemacht? So was hat man ja nicht im Reisegepäck.«

»Warum wollen Sie das wissen?« Er sah sie argwöhnisch an.

»Weil ich mich frage, wer noch in die Sache eingeweiht ist«, gab sie zurück. »Ich habe keine Lust auf Mitwisser, die mich ans Messer liefern könnten, weil sie meinen Anteil für sich haben wollen.«

Er nickte verstehend. »Keine Sorge. Ich habe Kontakte, die keine Fragen stellen, wenn ich etwas brauche«, versicherte er ihr. »Egal, was es ist.«

Schließlich lächelte sie Kosinski an, was der natürlich prompt falsch deutete und mit einem noch strahlenderen Lächeln beantwortete.

»Wissen Sie was? Ich verzichte.«

»Was?«, rief er ungläubig.

»Ehrlich gesagt finde ich, dass jemand, der anderen einen Mord anhängen will, genau dort untergebracht werden sollte, wo er die anderen hinschicken wollte: im Gefängnis.«

»Ich werde alles leugnen«, erklärte Kosinski und lächelte selbstsicher. »Ich habe Sie beobachtet und wollte Sie zur Rede stellen, und dann haben Sie mich attackiert, weil Sie mir den Mord anhängen wollen, den Sie begangen haben – Sie und Ihre netten Freunde.«

»Das wird schwierig werden«, erwiderte Britta und deutete nach oben. Der Privatdetektiv legte den Kopf in den Nacken, so gut er konnte.

»Was ist das?«

»Mein Smartphone, gehalten von meinen netten Freunden, die so zuvorkommend waren, unseren kleinen Plausch aufzunehmen«, sagte sie und zwinkerte ihm vergnügt zu.

Sarah und James kamen um den Tisch herum und sahen den Mann an. »So trifft man sich wieder, Herr Kosinski«, sagte Sarah. »Sie haben sicher nichts dagegen, wenn wir jetzt die Polizei rufen, oder?«

Kosinski schnaubte wütend. »Machen Sie doch, was Sie wollen. Der Teufel soll Sie holen!«

»Zu spät«, erwiderte James lachend. »Die Teufel hat *Sie* bereits geholt!« Dabei zeigte er auf die grinsende Sarah.

Als sie den verständnislosen Blick des Detektivs sah, schüttelte sie den Kopf. »Zerbrechen Sie sich lieber nicht den Kopf, Kosinski. Es würde zu lange dauern, Ihnen das zu erklären.« Dann nahm sie das Smartphone und tippte die Nummer der Polizeiwache ein. Es würde eine lange Nacht werden. »James, machst du uns einen Kaffee?«, bat sie ihren Ex, während sie darauf wartete, dass in der Wache jemand den Hörer abnahm.

Epilog

»Auf Sarah und darauf, dass sie ihren ersten Mordfall gelöst hat«, sagte Britta und erhob ihren Kaffeebecher.

Asmussen und James folgten ihrem Beispiel, aber Sarah winkte ab. Eigentlich war sie todmüde, aber die Hektik der letzten Stunden hatte sie so auf Trab gehalten, dass an Schlaf nicht zu denken gewesen wäre. Erst gegen vier Uhr war die Streife vor ihrer Windmühle vorgefahren, und von da an hatte es noch einmal gut drei Stunden gedauert, ehe die Beamten die Daten aller Beteiligten erfasst und den Ablauf der Ereignisse niedergeschrieben hatten. Asmussen war aus dem Bett geholt worden, um zur Mühle zu kommen und seine Angaben zu dem großen Gesamtwerk beizusteuern. Dann war noch eine Bestandsaufnahme des Kofferinhalts erfolgt, die von ihnen allen gegengezeichnet werden musste. Schlussendlich hatte man den zwischenzeitlich ins Badezimmer verlegten Kosinski zum Streifenwagen gebracht, den Koffer eingepackt und mitgenommen und sich auf den Rückweg zur Wache gemacht.

Da keiner von ihnen sich unmittelbar danach noch hatte ins Bett legen und schlafen wollen, waren sie kurzentschlossen losgezogen, um im Schlemmerkörbchen zu frühstücken.

»Wenn man's genau nimmt, hab ich gar nichts gelöst«, widersprach Sarah ernst. »Ich hatte die Tierärztin und ihren Geliebten im Verdacht, aber ich wär nie auf Kosinski gekommen.«

»Niemand wäre auf ihn gekommen«, machte James ihr klar.

»Das is kein Argument«, sagte sie.

»Es ist ein Argument, wenn die Polizei den gleichen Schluss zieht wie du. Das sind Profis, für dich ist das Neuland«, hielt er dagegen.

»Wir sollten lieber auf Britta anstoßen«, versuchte sie die Unterhaltung in eine andere Richtung zu lenken. »Sie hat den Mörder eiskalt zur Strecke gebracht.«

Britta verdrehte die Augen. »Erinnere mich bloß nicht daran. Mir wird jetzt noch schlecht, wenn ich darüber nachdenke, was mir alles hätte passieren können.«

»Es ist dir aber nich passiert, und nur das zählt«, beharrte Sarah. »Du hast instinktiv reagiert, und das war gut.«

»Ich kann dir ja ein paar Griffe zeigen, wenn du willst«, schlug Britta vor.

Sarah nickte bedächtig. »Ja, das wär gut.«

Nachdem James den Rest von seinem Brötchen aufgegessen hatte, fragte er: »Was ist jetzt eigentlich mit dem Liebespaar und mit Frau Berentz?«

»Was soll mit denen sein?«, fragte Asmussen.

»Ich meine, kommen die bei dem Ganzen ungeschoren davon?«, führte er aus. »Die beiden betrügen ihre Ehepartner, und Frau Berentz hilft ihnen dabei und betrügt gleichzeitig die Hauseigentümer und das Finanzamt. Sehen wir über diesen ›Kleinkram‹ hinweg und lassen nur den Mörder für seine Tat bezahlen?«

Sarah musste lächeln, weil sie genau wusste, wie James sich fühlte. Ihr behagte es auch nicht, dass manche Leute einfach mit allem ungeschoren davonkamen. Aber hier lag der Fall anders. »Keine Sorge, James, das wird alles ganz von selbst ans Licht kommen. Kosinski wird ja im Detail aussagen müssen, wen er beschatten sollte und wieso er aus dem Grund Hoffmann umgebracht hat. Man wird die Tierärztin und den Unternehmer befragen, was von diesen Behauptungen stimmt, und damit wird ihre Affäre bekannt werden. Und Frau Berentz sollte lieber schon mal über eine Selbstanzeige nachdenken. Sie meldet ja schließlich für jeden Monat statistische Werte an die Tourismuszentrale, und irgendwer wird schon darauf aufmerksam werden, dass sie seit Jahren Nullmeldungen für den Winter einreicht, aber offenbar regelmäßig Ferienhäuser vermietet. Den Widerspruch wird sie erklären müssen, und wenn eine Kontrollmeldung an die Finanzverwaltung rausgeht, wird sie von dort auch einen Fragenkatalog zugeschickt bekommen, weil man gern wissen möchte, was es mit diesen Unregelmäßigkeiten auf sich hat.«

»Hm«, machte Britta enttäuscht. »Dann können wir nicht mal darauf anstoßen, dass du ein paar Betrüger aus dem Verkehr gezogen hast?«

»Tut mir leid, Britta«, sagte sie. »Aber ich kann mich unter keinen Umständen mit fremden Federn schmücken.«

»Weißt du was? Wir stoßen einfach auf deinen nächsten Fall an, den du ganz sicher selbst lösen wirst«, schlug James ihr lachend vor. »Es sollte doch mit dem … *Teufel* zugehen, wenn dich dann schon wieder jemand auf eine falsche Fährte locken sollte.«

ENDE